CUENTOS DE HADAS PRÁCTICOS PARA LA VIDA DIARIA

Segunda edición revisada
Martin H. Levinson

Traducción al español por
Laura Trujillo Liñán

CUENTOS DE HADAS PRÁCTICOS PARA LA VIDA DIARIA

Segunda edición revisada

Martin H. Levinson

Traducción al español por
Laura Trujillo Liñán

INSTITUTE OF GENERAL SEMANTICS

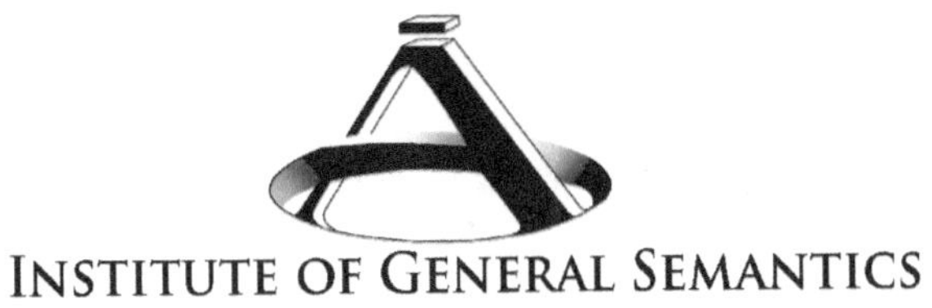

SEGUNDA EDICIÓN REVISADA

Traducción al español por Laura Trujillo Liñán

Diseño de la cubierta y del interior del libro por Scribe Freelance
www.scribefreelance.com

ISBN: 978-1-970164-12-1 (Impreso)
978-1-970164-13-8 (Electrónico)

Publicado por los Estados Unidos de América

Library of Congress Cataloging-in-Publication Data

Names: Levinson, Martin H., 1946- author. | Trujillo Liñán, Laura, translator.
Title: Cuentos de hadas prácticos para la vida diaria / Martin H. Levinson ; traducción al español por Laura Trujillo Liñán.
Other titles: Practical fairy tales for everyday living. Spanish
Description: Segunda edición revisada. | New York : Instituto de Semántica general, [2021] | Series: La nueva serie de la biblioteca No-Aristotélica | Summary: "Practical Fairy Tales for Everyday Living offers solutions to a wide array of personal and social problems through fanciful stories and general semantics strategies"-- Provided by publisher.
Identifiers: LCCN 2021047503 (print) | LCCN 2021047504 (ebook) | ISBN 9781970164121 (impreso) | ISBN 9781970164138 (electrónico)
Subjects: LCSH: Levinson, Martin H., 1946---Translations into Spanish. | LCGFT: Short stories.
Classification: LCC PS3612.E9287 P7318 2021 (print) | LCC PS3612.E9287 (ebook) | DDC 813/.6--dc23

Para Neil Postman

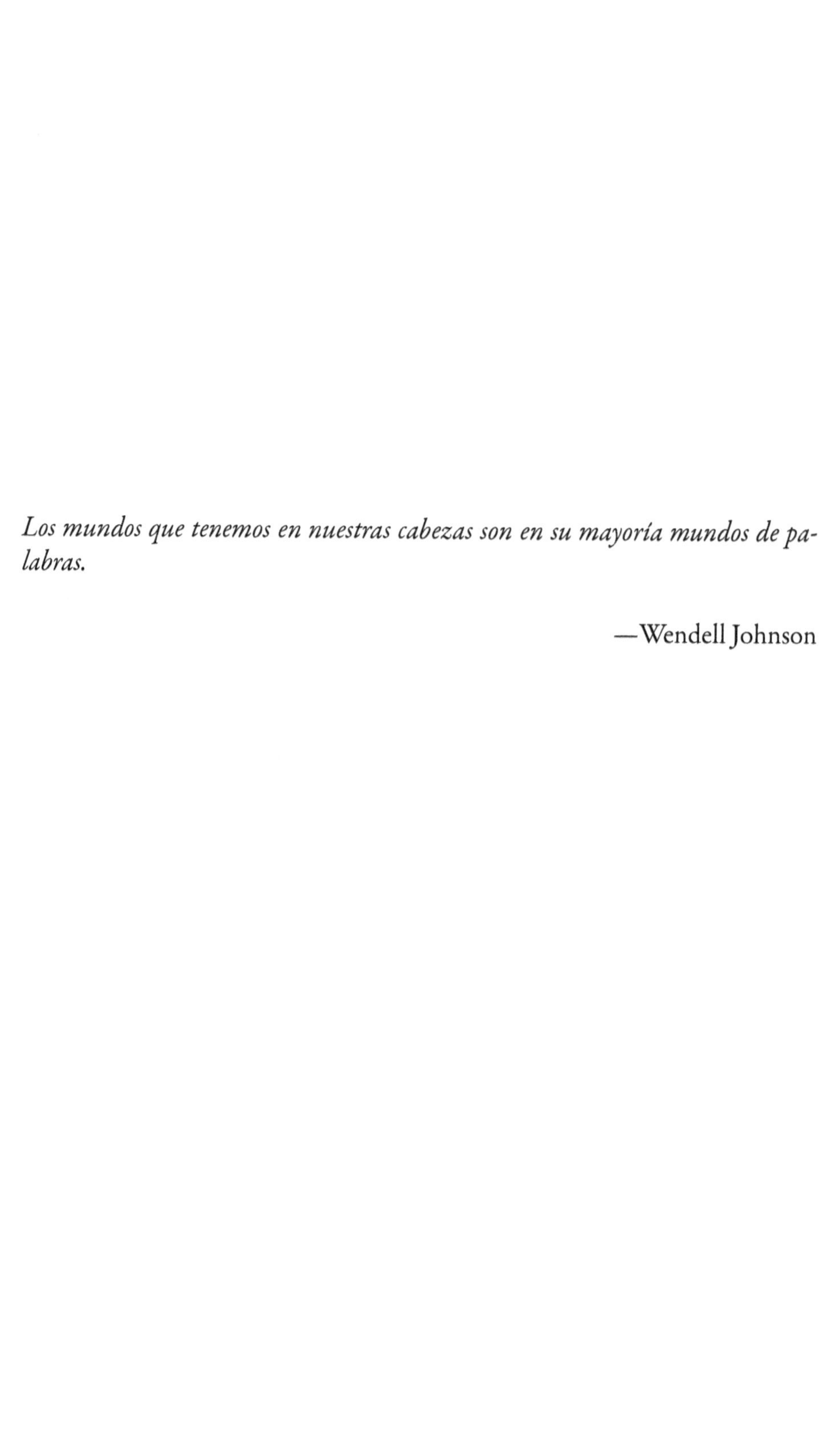

Los mundos que tenemos en nuestras cabezas son en su mayoría mundos de palabras.

—Wendell Johnson

Contenido

Otros títulos incluidos en 9

Prefacio a la segunda edición 11

Agradecimientos 12

Introducción 13

1. *Bucky, el castor vinculante-del-tiempo*: El progreso humano viene del conocimiento y pasa a través de las generaciones. 15

2. *El amor de un padre nunca es suficiente*: Para evitar ser engañado, verifique el mapa contra el territorio. 21

3. *Cindy y la vida amorosa*: El cambio es inevitable. 27

4. *Amanda y el plomero guapo*: Actuar con base en inferencias puede ser riesgoso 31

5. *¿Quién es el más inteligente de todos?*: No hay dos cosas idénticas 35

6. *La sabiduría del retraso*: Las reacciones tardías en ocasiones suelen ser una buena idea. 41

7. *Einstein y Elmer el elementalista*: La causalidad es multifacética . . 45

8. *La transformación del sabe-lo-todo*: Nadie puede saber todo de todo. 51

9. *Frieda y la enfermedad IFD*: Establecer metas imposibles puede resultar en frustación y desesperación 57

10. *Sam y el pájaro extraño*: El método científico puede ayudarnos a resolver problemas cotidianos de la vida cotidiana. 61

11. *El mago de "es"*: La palabra "es" puede llevar a la gente a confundir opiniones con hechos. 67

12. *El cuento del avaro que deseaba*: Las palabras no pueden describir todo completamente. 73

13. *Flo Wright y la feliz enana*: En la vida, la incertidumbre es la norma 79

14. *Una revelación royal*: Las xonsecuencias siguen a las suposiciones 83

15. *No te preocupes, sé feliz*: Metas realistas + trabajo duro = felicidad 87

16. *Charlie y el hada de la realidad*: Para conocer mejor la realidad, hay que centrarse en los detalles 91

17. *El profesor postman trae a casa el tocino*: Las palabras mal elegidas pueden dañar las relaciones saludables 97

18. *El significado de las palabras*: Estrictamente hablando, las palabras no significan, las personas sí 101

19. *Todo ese jazz*: Los pensamientos negativos sobre uno mismo pueden convertirse en profecías autocumplidas 107

20. *El mapa de la realidad de Alfred*: Hay más en tu mundo de lo que crees 113

21. *Las preguntas nebulosas de Nathan*: Para tener éxito en la vida, haga preguntas que impliquen tomar medidas constructivas 121

22. *El camino a San José*: La diferencia es parte de la condición humana 125

23. *Fe en Frankland*: Cuando se trata de relaciones humanas efectivas, las conversaciones triviales pueden ser importantes 129

24. *La aventura extraterrestre de Debbie*: Para no aburrirse, hay que tratar lo familiar como desconocido 135

Otros títulos incluidos en

La nueva serie de la biblioteca No-Aristotélica
Editor de la Serie, Corey Anton,

Korzybski, Alfred (2010). *Selections from Science and Sanity.* (2nd Ed.). Edited by Lance Strate, with a Foreword by Bruce I. Kodish. Fort Worth, TX: Institute of General Semantics.

Strate, Lance (2011). *On the Binding Biases of Time and Other Essays on General Semantics and Media Ecology.* Fort Worth, TX: Institute of General Semantics.

Anton, Corey (2011). *Communication Uncovered: General Semantics and Media Ecology.* Fort Worth, TX: Institute of General Semantics.

Levinson, Martin H. (2012). *More Sensible Thinking.* New York, NY: Institute of General Semantics.

Anton, Corey & Strate, Lance (2012). *Korzybski and... (Eds.)* New York, NY: Institute of General Semantics.

Levinson, Martin H. (2014). *Continuing Education Teaching Guide to General Semantics.* New York, NY: Institute of General Semantics.

Berger, Eva & Berger, Isaac. (2014). *The Communication Panacea: Pediatrics and General Semantics.* New York, NY: Institute of General Semantics.

Pace, Wayne. R. (2017). *How to Avoid Making A Damn Fool of Yourself: An Introduction to General Semantics*. New York, NY: Institute of General Semantics.

Lahman, Mary P. (2018). *Awareness and Action: A Travel Companion*. New York, NY: Institute of General Semantics.

Prefacio a la segunda edición

Me gustaría agradecer a los lectores de la primera edición por los muchos comentarios positivos y sugerencias concretas que condujeron a la revisión de este texto. Como lector, también descubrí, al releer el libro, que había partes de las historias que podían reforzarse y mejorarse. Con esta edición he intentado hacer eso y espero que los lectores de la primera edición, así como los nuevos lectores, disfruten del contenido revisado y las perspectivas de la semántica general.

Agradecimientos

Quisiera agradecer a Paul D. Johnston, cuyas ilustraciones fueron utilizadas en la primera edición de este libro, por permitir que esas ilustraciones se utilizaran en esta edición. También me gustaría agradecer a los miembros del Grupo de Escritores de la Biblioteca Libre de Westhampton por sus aportes sobre estas historias y a Donna McGullam, cuyas habilidades de edición han hecho de este un libro mejor. A mi esposa Kathy, una colega escritora, le agradezco especialmente por recordarme constantemente que escribir es reescribir y que una obra escrita nunca se termina, sólo se abandona.

Introducción

El diccionario *American Heritage* define el término "cuento de hadas" como una historia o explicación ficticia y muy fantasiosa. ¿Puede una narrativa así proporcionar consejos útiles sobre temas importantes como el pensamiento racional, la toma de decisiones inteligentes, la reducción del estrés, la autogestión emocional y la mejor relación con los demás? Este libro responde afirmativamente.

Cuentos de hadas prácticos para la vida diaria ofrece veinticuatro historias caprichosas con personajes que luchan con éxito contra una variedad de problemas personales y contratiempos a través de las formulaciones de la semántica general (GS), un sistema de "autoayuda" basado en la ciencia, diseñado para ayudar a las personas a mejorar, evaluar y resolver las dificultades cotidianas y obtener una imagen más precisa de sí mismos y del mundo en el que viven[1]. Si bien las historias no son verdaderas en el sentido literal de la palabra, el escritor británico GK Chesterton comentó: «Los cuentos de hadas son más que ciertos, no porque nos digan que los dragones existen, sino porque nos dicen que los dragones pueden ser vencidos».

Algunas de las historias que encontrará aquí contienen elementos de la trama de clásicos literarios familiares y cuentos de hadas para niños. Otros ofrecen escenarios completamente originales. Todas las historias tienen en común el deseo de informar y entretener con un poco de humor. Ese fue mi propósito al escribir estos cuentos y espero que esta sea su experiencia al leerlos.

---

1   Para más información acerca de la semántica general: www.generalsemantics.org

Bucky, el castor vinculante-del-tiempo

Érase una vez, en un pequeño burgo seductor cerca de la ciudad de Beaverton, Oregon, vivía un castor llamado Bucky que estaba en el negocio de la construcción. La especialidad de Bucky era construir presas, específicamente presas de castores. Estas barreras ayudan a crear el agua profunda que se necesita para el almacenamiento de alimentos en invierno. Los castores han estado construyendo presas de la misma manera durante miles de años y son bastante buenos en eso.

Un día de primavera, el Dr. Donald R. Griffin, profesor de zoología estadounidense y fundador del campo de la cognición animal, llegó a Beaverton. Quería capturar un castor e implantar un cerebro humano en su cráneo. Griffin pensaba que los castores eran criaturas inteligentes. Siempre les decía a sus alumnos: "Cuando pensamos en los tipos de comportamiento animal que sugieren un pensamiento consciente, el castor viene naturalmente a la mente[2]".

Bucky estaba sentado en un tronco, masticando felizmente un tubérculo de nenúfar y aleteando la cola, cuando Griffin y un grupo de compañeros investigadores zoológicos lo rodearon. Anestesiaron al desventurado mamífero, lo metieron en una bolsa y lo llevaron a un laboratorio de la Universidad Estatal de Oregón, el hogar de los castores. En el laboratorio, Griffin insertó quirúrgicamente un cerebro humano en la cabeza de Bucky.

---

2   Esta es una cita real de Donald R. Griffin, un profesor real de zoología. El experimento de esta historia es imaginaria, pero cosas más extrañas han sucedido en la vida real. Como dijo Mark Twain, "La verdad es más extraña que la ficción, pero es porque la ficción está obligada a ceñirse a las posibilidades; la verdad no lo es ".

Cuando terminó la operación y la anestesia desapareció, Griffin le preguntó a Bucky cómo se sentía. Bucky respondió: "Me siento un poco cansado, pero aparte de eso, me siento bien. ¿Cómo les fue a los castores hoy? ¿Vencieron a UCLA? "

Bucky se convirtió rápidamente en un invitado de programas de entrevistas de televisión altamente visible, apareciendo en ABC, NBC, CBS, CNN, FOX, MSNBC y CSPAN (esta última estación presentó el testimonio de Bucky ante un subcomité del Congreso sobre derechos de los animales). Mientras volaba por el país para hacer entrevistas, Bucky se sorprendió por la diversidad de la arquitectura humana que vio. Con Christiane Amanpour en CNN, habló de su asombro por los edificios hechos por el hombre. El siguiente es un extracto de ese programa.

Amanpour: ¿Qué hacías para ganarte la vida antes de tu operación cerebral, Bucky?

Bucky: Estaba en construcción, Christiane. Principalmente construcción de presas.

Amanpour: ¿Cómo te resultó eso?

Bucky: Nada mal. No era el mejor constructor de represas del mundo, pero construí algunas represas bastante buenas. De hecho, llevé a un equipo de noticias de CNN a ver una de ellas la semana pasada.

Amanpour: ¿Cuál crees que es la principal diferencia entre el castor y el ser humano?

Bucky: Creo que la mayor diferencia es que tu especie mejora sus construcciones con cada generación, mientras que los castores siguen construyendo las mismas malditas presas.

Amanpour: Alfred Korzybski, el creador de la semántica general, tenía el mismo pensamiento sobre el progreso tecnológico humano. Afirmaba que los seres humanos son un tipo de vida que es vinculante-del- tiempo, en este sentido actúa-en-el-tiempo. Ellos utilizan el lenguaje y otros símbolos para transmitir información a través del tiempo, lo que permite que cada generación comience donde lo dejó la última. También etiquetó a los animales como una clase de vida vinculante-del-espacio. Ellos transforman la energía en movimiento a través del espacio. Asimismo, no pueden transmitir información a través del tiempo porque carecen de lenguaje y otras formas de comunicación.

Bucky: Desearía que mis amigos castores, vinculantes-del-espacio, evolucionaran un poco para poder imitar a sus primos humanos vinculantes-del-tiempo.

Amanpour: Quizás algún día lo hagan. Mientras tanto, debido a que los humanos poseen un cuarto de pulgada de corteza, nuestra especie permanece en el peldaño superior de la escala evolutiva.

Bucky: Bien dicho, Christiane. Me gusta la idea de distinguir a los animales de los humanos sobre la base de la estructura del cerebro.

Amanpour: También lo hizo Korzbyski. Se le ocurrió la idea de que un cuarto de pulgada de corteza separa a los animales de los seres humanos. Y como soy un ser que vinculante-del-tiempo, pude leer y comprender lo que dijo.

Bucky: ¡Bien por ti, Christiane, y bien por tu especie! El hecho de ser vinculante-del-tiempo ha permitido a tu género realizar innumerables avances; han creado el *Golden Gate*, computadoras portátiles y cohetes que pueden ir a la luna y, ¿qué hemos hecho los castores? Todavía estamos construyendo su presa más básica y refugios de castores.

Amanpour: Anímate, Bucky, ahora eres uno de nosotros. Tu habilidad para usar el lenguaje humano te ha convertido en un ser vinculante-del-tiempo. Quizás deberías considerar renunciar a ser castor.

Bucky: No estoy seguro de querer hacer eso. Si bien veo las ventajas del ser consciente del tiempo en el avance de la tecnología humana, no veo que se logren avances similares en el área de las relaciones humanas. La gente pelea mucho entre sí y con tantas armas atómicas alrededor, hay muchas posibilidades de que la humanidad se aniquile.

Amanpour: Ese es un buen punto. Korzybski también notó la disparidad entre los avances que los humanos han hecho en tecnología y la falta de progreso de las personas en la interacción interpersonal. Para reducir esa brecha, ideó la semántica general, un sistema teórico y práctico de pensamiento crítico que implica el uso del método científico y estrategias de lenguaje especiales para resolver problemas de la vida cotidiana. Es una pena que más gente no esté familiarizada con su trabajo.

Bucky: Quizás pueda ayudar a popularizar la semántica general. Creo que lo mencionaré esta noche cuando esté en el programa *PBS News Hour*. También puedo hablar de la semántica general cuando aparezca en *Meet the Press* este fin de semana. Así también, haré referencia a la semántica general en *The Voice* la próxima semana. Interpreto una canción en ese programa de mi nuevo álbum: Déjaselo al castor.

Amanpour: Dios mío, ciertamente eres un castor ansioso por dar a conocer la semántica general a todo el mundo.

Bucky: Tienes razón Christiane; yo soy. No quiero al planeta destruido por la estupidez humana. Quiero que la gente coopere y trabaje en el avance de la civilización.

Amanpour: Ese es un sentimiento noble, Bucky. ¿Hay algo más que quieras?

Bucky: Me gustaría levantar condominios y edificios de oficinas en Nueva York y Miami. He experimentado ya la construcción de presas para castores y simplemente, no hay futuro en esa línea de trabajo.

Amanpour: Bueno, me conformaré.

LEAR Jet
FLORIDA THIS WAY

El amor de un padre nunca es suficiente

Dunderhead era un rey ingenuo que pensaba que la gente siempre era honesta con sus opiniones. Cuando el chef del palacio, quien todos sabían que odiaba al rey por insistir en que se cocinara el bistec tártaro y que el Chardonnay acompañara al pastel de carne real, felicitó al monarca por su excelente sabor y conocimiento superior en las artes culinarias, Dunderhead le creyó. Y cuando el primer ministro, que había planeado siete intentos de asesinato contra la vida del rey, brindó por la salud del rey en los banquetes reales, también le creyó.

Dunderhead tenía tres hijas, Shirley, Shelly y Sheba, a las que amaba por igual. Pero no todas lo amaban de manera recíproca. Shirley y Shelly detestaban a su padre.

Un día, Dunderhead decidió que, dado que estaba cerca de la edad de jubilación obligatoria (la regla en el reino era que los potentados tenían que salir del trono a los sesenta y cinco años), dividiría su reino en tres partes iguales y daría una a cada hija. Dunderhead se sintió tan bien con su decisión que en la cena de esa noche comió una porción doble de bistec tártaro a la parrilla, cubierto con una espesa salsa de champiñones y una botella de vino *Thunderbird*.

En el desayuno del día siguiente, Dunderhead anunció su plan de otorgar a sus hijas los bienes raíces reales.

—Oh, papá —gritó Shirley—, eres el mejor padre que una niña puede tener. Siempre canto tus alabanzas a mis amigos y a los parásitos en la corte. ¡Eres increíble!

Shelly estaba igualmente efusiva en sus encomios para el rey y en sus consideraciones en torno a su bienestar. Pero Sheba permaneció en silencio.

"Sheba", dijo el rey, "¿no tienes nada bueno que decirme?

"Sabes lo que hay en mi corazón, padre".

"Quiero escucharlo."

"Mira, papá, cuando estuviste enfermo en abril pasado me quedé junto a tu cama

durante los diez días que estuviste en el hospital. Shirley y Shelly estaban cerca, pero estaban demasiado ocupadas para visitarte, bebiendo café con leche en el Royal Starbucks. Cuando nos pediste que nos especializáramos en enfermería en la universidad, porque querías que un miembro de la familia capacitado atendiera tus necesidades en caso de que te enfermaras en el futuro, me ofrecí para hacerlo. Mis hermanas tomaron estudios de recreación y esparcimiento. Y cuando mamá se escapó con el duque de Earl la primavera pasada, me quedé contigo día y noche durante dos meses escuchando tus quejas sobre la reina y su amante y asegurándome de que tomaras el Royal Prozac, mientras mis hermanas salían a bailar. Las acciones hablan más que las palabras, padre ".

"Estoy muy decepcionado de ti, Sheba", respondió el rey. "Tus hermanas siempre me han tenido en la más alta estima. Siempre me dicen lo bueno que soy y que están ansiosas de cuidarme cuando me jubile. Tú nunca dices esas cosas. Empiezo a pensar que no me amas ".

"Mi devoción por ti es clara".

Maldita sea, Sheba. ¿Vas a cantar mis alabanzas o tomo la tierra que te iba a dar y se la dejo a tus hermanas?

"La tierra es tuya para hacer lo que desees", respondió Sheba. "No tengo nada más que decir."

Esas palabras hicieron que el monarca se pusiera nervioso. Muy molesto, le dijo a Sheba: "¡Estás desterrada de mi reino! Tienes hasta esta noche para empacar e irte ".

Sheba no respondió. Simplemente salió de la habitación.

"Llama a Shirley y Shelly", gritó Dunderhead al lacayo real. "Tengo algo importante que decirles".

Cuando llegaron Shirley y Shelly, el rey les dijo que obtendrían la tierra de Sheba.

"Pa, eres la persona más grande que jamás haya vivido. Seré tan buena contigo cuando te jubiles", entonó Shirley.

Shelly, para no quedarse atrás, dijo: "Eres como un dios para mí, padre. Estaré a tu servicio cuando te den la pensión real ".

Dos años después, en su sexagésimo quinto cumpleaños, el rey anunció a la corte que era tiempo de detenerse y que se dirigiría a Miami. "Han sido cincuenta años fabulosos. Habéis sido grandes sujetos. No es necesario que me organicen una fiesta de jubilación. Me despediré de todos en un almuerzo de despedida el próximo miércoles en el salón de baile real ".

Al rey siempre le había gustado descansar en la playa, así que pensó que Miami era la elección perfecta para sus años dorados. Pero una vez allí, descubrió que se sentía muy incómodo viviendo en el calor y la humedad del sur de Florida y extrañaba no experimentar cambios de estaciones. Dunderhead se deprimió e hizo algunas malas inversiones en acciones. En seis meses estaba arruinado.

Cuando el banco comenzó a ejecutar la hipoteca de su casa, el rey llamó por teléfono a Shirley. "Cariño, he pasado por una mala racha y necesito un lugar donde quedarme. ¿Puedo quedarme contigo y tu familia? "

Quedó atónito por su respuesta. "Lo siento, papá, pero las cosas están locas aquí. Los niños están metiendo la pata en la escuela, la situación laboral de mi esposo es crítica y los siervos han tardado en pagar el alquiler. No puedo aceptarte aquí. ¿Por qué no le llamas a Shelly? "

Cuando Dunderhead llamó a Shelly, ella dijo: "Desafortunadamente, no puedo hospedarte en este momento. El príncipe y yo vamos a hacer un crucero alrededor del mundo que sale el próximo domingo. Llama a Sheba, ella trabaja en un hogar para ancianos en *Fort Lauderdale*. Déjame darte su número ".

Dunderhead estaba atónito: *¿Cómo pueden mis dos hijas, que profesaban una admiración eterna por mí, ser tan crueles? ¿Cómo pueden tratarme tan mal?* Dunderhead reflexionó sobre esas preguntas una y otra vez y finalmente se sintió tan abatido que fue hospitalizado.

El rey recuperó lentamente el ánimo y una tarde, durante una sesión de terapia de grupo, un miembro del grupo le sugirió que llamara a Sheba para pedir ayuda. Dunderhead respondió que no quería hacer eso porque sentía que no podía enfrentar más rechazos familiares. Pero otros miembros del grupo lo animaron a llamar a su hija y así lo hizo.

"Sheba, he tenido una pésima suerte y estoy en un manicomio. Ahora estoy mejor, pero necesito un lugar para vivir. Les he pedido alojamiento a sus hermanas, pero no quieren tener nada que ver conmigo. ¿Puedo quedarme contigo?"

La respuesta de Sheba no tardó en llegar. "Por supuesto que puedes quedarte conmigo, padre. Vivo en un pequeño condominio de una habitación, pero hay un sofá en la sala de estar que se abre como cama y puedes dormir en él. El aire acondicionado es bastante bueno en el apartamento y soy muy buena cocinera. Estoy segura que disfrutarás estar aquí. Pasaré mañana por ti".

Dunderhead colgó el teléfono: ¿Cómo pude haber sido tan tonto? ¿Por qué no lo vi? Shirley y Shelly me mentían mientras Sheba me mostraba la verdad.

El rey recordó que cuando era niño tenía un tutor que le decía: "Es una buena idea 'comparar el mapa con el territorio', ver si el lenguaje que usa una persona muestra con precisión lo que está sucediendo en el mundo". Dunderhead nunca había empleado esa frase, que más tarde descubrió que pertenecía a la teoría de la semántica general, ahora deseaba haberla aplicado. También le habría gustado haber seguido otras ideas de la SG , como "buscar pruebas antes de hacer suposiciones" y "las cosas sólo se pueden saber de forma provisional". Sin embargo, decidió que nunca es demasiado tarde para aprender a evaluar las cosas. Estudiaría y se familiarizaría con las formulaciones de la semántica general.

Epílogo

El marido de Shirley la dejó por una mujer más joven y sus hijos huyeron a un orfanato. Shelly y su cónyuge se hundieron con su crucero cuando llegaron a un mar embravecido frente a las costas de las Bermudas. Sheba se casó con un CEO de Fortune-500 y ella, junto con su padre, se mudaron a la finca de diez mil acres de su esposo en *Palm Beach*. Dunderhead obtuvo un título en línea en psicología y se convirtió en un psicoterapeuta muy solicitado y autor de *Best Sellers*.

Tus hijos pueden engañarte: un consejo útil para padres demasiado confiados de un padre que creyó, pero se dio cuenta a tiempo.

HOW
TO
MAKE
SUSHI
100
OLD
RECIPES

Cindy y la vida amorosa

Se decía, y con razón, que Cindy Staymore era una criatura de hábitos. Había vivido en el mismo pequeño departamento durante veinticinco años y había tenido el mismo trabajo y novio durante ese tiempo. Su ropa estaba de moda aproximadamente cada década, cuando el estilo retro estaba de moda. Hacía pasta los lunes, pastel de carne los martes, pollo los miércoles, ternera los jueves y pescado los viernes. Los fines de semana, Cindy salía a comer comida china o pizza con su novio, Bill Brennan.

Estaban en una pizzería cuando Bill cambió su vida. "Cindy, me voy a casar con una chica maravillosa que realmente quiero. Pero quiero que sepas que realmente disfruté el tiempo que pasamos juntos. Has sido una gran compañía ".

Cindy terminó su pizza y, aturdida, regresó tambaleándose a su apartamento donde gritó contra una almohada durante seis horas, tiró toda la comida de sus alacenas y toda la ropa de sus armarios por la ventana, golpeó la televisión y la sobre la pecera. Después de un rato, se metió a la cama y se durmió.

Cindy se quedó en la cama durante una semana. No tenía energía para cocinar, así que pidió algo para comer. Cuando llegó el fin de semana, se sintió un poco más fuerte, así que el domingo se fue a almorzar a un restaurante chino. Al final de la comida recibió una galleta de la fortuna. El mensaje dentro decía: "No puedes pasar por el mismo río dos veces. Llámame si tienes algún problema para comprender. Mi número es 1-800-PROCESS ".

Cindy puso el mensaje en su bolsa y regresó a su departamento. Esa noche marcó el número que venía en la galleta. Pertenecía a un adivino intelectual de Brooklyn. Ella concertó una cita con él para el día siguiente.

El oráculo resultó ser un tipo calvo y corpulento con acento polaco. Condujo a Cindy a su sala de estar y le dijo: "¿Qué puedo hacer por ti?"

Cindy respondió: "No entendí el mensaje de mi galleta de la fortuna. ¿Por qué no puedes pasar por el mismo río dos veces? Cuando era niño, mi familia y yo íbamos de campamento y siempre cruzábamos de un lado a otro en el mismo río".

El vidente sacó un cigarrillo y lo colocó en una boquilla larga y negra; y se iluminó con frialdad. Luego dijo: "El filósofo griego Heráclito declaró hace más de dos mil años que no se puede pisar el mismo río dos veces porque el río se mueve constantemente. La ciencia ha confirmado esta visión del proceso de la existencia y ha demostrado que todo en el mundo está cambiando continuamente, a veces lentamente y a veces muy rápidamente".

"Bueno, yo no cambio", dijo Cindy. "Mi vida sigue siendo la misma".

El dador de fortuna respondió: "Todos los individuos cambian con el tiempo a medida que se presentan nuevos hechos y surgen nuevas circunstancias. ¿Eres la misma persona hoy que eras hace un año, hace cinco años, hace diez años? ¿Te ves exactamente idéntico? ¿Tu comportamiento se ha mantenido absolutamente igual? Es reconfortante pensar que el mundo y las personas que lo habitan son invariables de un día para otro; facilita la previsión. Pero la vida es un proceso, por lo que el cambio debe ocurrir ".

Las palabras del sabio causaron a Cindy una gran ansiedad. El cambio puede ser útil para lavar la ropa o comprar un periódico, pero la idea de que la vida es un proceso no es agradable. "Debería haber ido a comer pizza el fin de semana", pensó.

El adivino sintió la incomodidad de Cindy. Pero él creía que lo mejor para ella era seguir adelante con el tema del cambio, así que dijo: "Cindy, ¿has oído hablar alguna vez de las citas?".

"Por supuesto que sí", respondió Cindy. "Salí con el mismo idiota por veinticinco años. Soy una experta en el tema ".

"No me refiero a ese tipo de citas. Me refiero a la semántica general ", allí se maneja la idea que añadir fechas a nuestras evaluaciones para darnos cuenta que vivimos en un mundo cambiante. Por ejemplo, Irak (2018) no es Irak (1998), Joe (que está haciendo ejercicio este mes) no es Joe (sin entrenamiento, el mes pasado) y las computadoras (ahora) no son computadoras (hace una década). Las fechas o citas muestran que vivimos en un universo cambiante donde todo se transforma con el tiempo ".

Cindy no estaba segura sobre el universo, pero se sentía bastante inquieta. Este pronosticador regordete la estaba haciendo considerar cosas que había pasado toda su vida tratando de evitar. Pero ella no iba a aceptar la realidad sin luchar.

"¡Mira aquí! Hay momentos en los que la coherencia puede ser una virtud. Queremos que los pilotos de las aerolíneas estén constantemente alerta cuando nos lleven a nuestros destinos, los medicamentos deben tener ingredientes uniformes y los líderes políticos deben mantener el rumbo ".

El profeta de Brooklyn respondió: "La consistencia no tiene nada que ver con eso. Y, parafraseando a Emerson, la coherencia es el duende de las mentes pequeñas. Puede evitar que asumamos riesgos y ampliemos nuestro conocimiento en nuevas áreas. Una coherencia tonta puede impedirnos ver y hacer cambios que podrían ser beneficiosos. Un sello distintivo de la madurez es saber cuándo ser coherente y cuándo ser flexible ".

Cindy tuvo que admitir que había más de un mínimo de sentido común en los comentarios que estaba escuchando. Había pasado toda su vida luchando para mantener el *status quo,* pero ahora vio que su batalla estaba condenada al fracaso desde el principio. El cambio era parte de la condición humana. El cambio era inevitable. Con estas verdades resonando en su cabeza, Cindy decidió que mañana, martes, sería el primer día del resto de su vida. En lugar de pastel de carne para la cena, comería sushi.

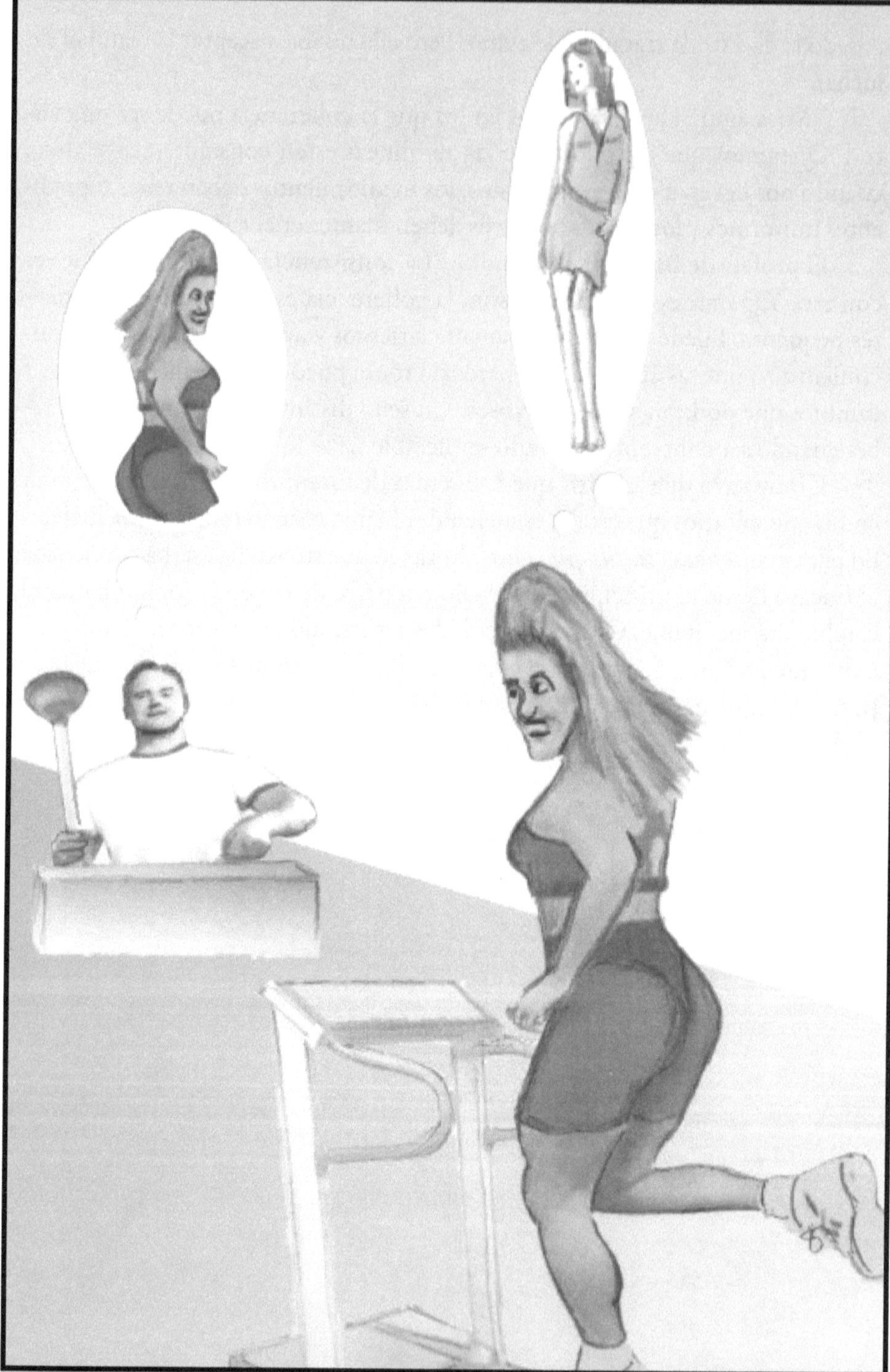

Amanda y el plomero guapo

En una importante región metropolitana residía una mujer que añoraba un plomero. El nombre de la mujer era Amanda y el trabajador que anhelaba era Rod. Le gustaba la forma en que caminaba, le gustaba la forma en que hablaba y le gustaba la forma en que calafateaba. Pero, lamentablemente, siempre que Rod venía a su departamento para hacer trabajos de plomería, que era bastante frecuente porque Amanda constantemente rompía cosas en el baño y la cocina para que Rod pudiera arreglarlas, apenas la miraba.

"Apuesto a que Rod no se siente atraído por mí porque estoy gorda", pensó Amanda. "Un chico guapo como Rod quiere una chica delgada y curvilínea".

Sin embargo, Amanda no era obesa ni nada parecido. Era una mujer de treinta años, sana y brillante, a quien muchos describirían como perfecta. Muchos chicos la encontraban encantadora y atractiva. Pero a Amanda se le metió en la cabeza que si perdía quince kilos, Rod sería suyo.

La pérdida de peso nunca había sido fácil para Amanda, pero estaba decidida a conseguir a su hombre. Comenzó con una "dieta sin carbohidratos, sin grasas, sin azúcar, sin nada que supiera bien" y vació su refrigerador de cualquier cosa que se pareciera a la comida normal. Se unió a un club de salud donde tomó clases de yoga y "Despierta tu fuerza" en noches alternas. Al final de la primera semana, Amanda había perdido medio kilo.

"Quinientos gramos menos, quinientos treinta y seis para ir", murmuró para sí misma mientras regresaba del gimnasio a su departamento. "Si sigo mi dieta y mi programa de ejercicios, alcanzaré mi meta de peso en poco más de veintitrés semanas. Entonces Rod, ese fontanero sexy y ardiente, será mío ".

Un jueves por la noche, después de un mes de diligente hambruna y entrenamiento, la resolución de Amanda comenzó a debilitarse. En lugar de ir al gimnasio, sintió la necesidad de quedarse en casa para ver televisión y comer dulces. Amanda estaba a punto de encender la cafetera y sacar un pastel de melocotón congelado y olvidado de su congelador cuando una imagen de Rod, paseando con un hermoso bebé en su brazo, pasó por su cabeza: No me debilitaré. *Será mejor que esa chica se aleje de mi novio si sabe lo que le conviene.*

Después de otro mes de jadear y resoplar y consumir porciones de comida de tamaño nanométrico sin sabor, Amanda nuevamente sintió el deseo de detener sus rutinas espartanas. Pero una vez más se le ocurrió una imagen motivadora, esta vez en la forma de Rod y del bebé antes mencionado en un elegante baile.

Por fin llegó el día del peso objetivo. Amanda subió a la báscula en el gimnasio y la pantalla marcó el número mágico. Se miró en el espejo: *No tiene sentido ser modesta. Soy perfecta. Podría tener al hombre que quisiera. Pero no quiero a ningún hombre. Quiero a Rod.*

Esa noche, Amanda llenó el inodoro con arena para gatos. Luego llamó a Rod para que viniera a solucionar el problema. Mientras trabajaba para limpiar el inodoro, Amanda notó que parecía estar hablando con ella más de lo que solía hacerlo. Ella lo tomó como una buena señal, pero cuando le pidió a Rod que se quedara a tomar una taza de café, él dijo que no podía y se fue.

Amanda estaba perpleja: *Oh, no. Apuesto a que es gay. ¡Cómo pude haber sido tan estúpida por no darme cuenta de ello!*

La desesperación a menudo deprime a las personas, pero a veces las impulsa a hacer algo inteligente. Eso es lo que le hizo a Amanda. Recordó que una vez había salido con el socio comercial de Rod, Ralph, y se habían llevado platónicamente bien. Seguían siendo amigos y de vez en cuando salían a tomar algo. Amanda decidió llamar a Ralph y preguntarle por Rod.

Después de una charla preliminar, Amanda dirigió la conversación hacia donde ella quería que fuera.

Ralph, ¿qué pasa con Rod? ¿Es gay?"

Ralph respondió con una risa tan fuerte que tiró el teléfono. Luego dijo: "¡Definitivamente no! De hecho, él estaba loco por ti. Pero en los últimos meses me dijo que su enamoramiento estaba menguando. Dijo que te estabas poniendo flaca ".

"¿Quedándome flaca? Tenía quince kilos de sobrepeso. Antes de seguir una dieta drástica y un régimen de ejercicio para perder esos kilos, los muchachos apenas me miraban cuando caminaba por la calle. Ahora todos me voltean a ver, excepto Rod".

Oh cariño. Deberías haberme llamado antes de iniciar tu programa de dieta y ejercicio. A Rod le gustan las mujeres un poco regordetas. Eras perfecta para él cuando eras más llenita".

"¿Como puede ser? En ese entonces apenas me miraba o me hablaba".

"Eso es porque Rod es tímido con las mujeres que le atraen".

"¿Así que el hecho de que Rod me haya hablado mucho la última vez que me vio no es un signo de interés romántico?

"Es todo lo contrario, cariño".

"Gracias por la información, Ralph. Supongo que he hecho inferencias incorrectas con respecto a cómo Rod percibe a los miembros del sexo opuesto".

Seguro que lo hiciste. La próxima vez, piensa como un semántico general y no actúes sobre las inferencias como si fueran hechos. Un semántico general te diría que la forma en que etiquetamos las cosas determina cómo reaccionamos ante ellas. Al etiquetarte como gorda, determinaste que serías repelente a otras personas. Al hacer eso, fuiste culpable de difamación por etiqueta ".

Amanda apagó su teléfono y miró al vacío por un rato. Luego se sentó en su escritorio, sacó una calculadora y sumó la cantidad de nuggets de pollo, pizza y hamburguesas que recibiría con el reembolso de su membresía cancelada en el club de salud.

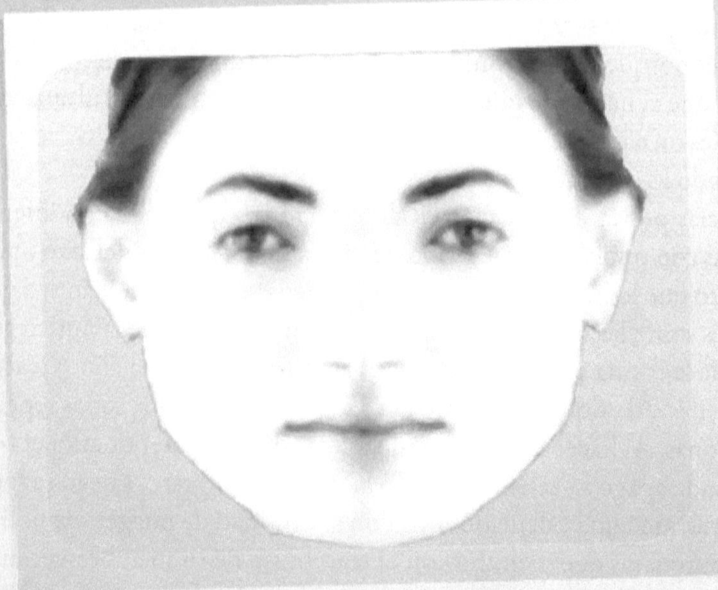

SMARTNESS-1

SMARTNESS-2

SMARTNESS-3

SMARTNESS-4

SMARTNESS-5

SMARTNESS-6

¿Quién es el más inteligente de todos?

Shane vivía en la tierra mundana de La-calle-abajo-de-ti; este es un lugar desconocido para ti. Allí pensó que era una galleta inteligente, y tenía razones suficientes para pensar eso. Sus padres siempre le decían lo inteligente que era y sus maestros le decían más o menos lo mismo. Sus amigos lo llamaban "Shane el cerebrito".

Un día, un primo suyo dijo que podría haber algunos niños más inteligentes que Shane. Ese comentario lo inquietó, así que fue con el consejero escolar y le dijo: "Sr. Rogers, decano de la sala de estudios, ¿quién es el más inteligente de todos? "

El consejero revisó los registros académicos de Shane y respondió: "Definitivamente eres el más inteligente en el puntaje de IQ, pero hay algunos en otras áreas que saben más".

Shane estaba furioso por esta respuesta. —¿De qué está hablando, señor Rogers? Las pruebas de coeficiente intelectual miden qué tan inteligente es alguien o, más bien, cuánta inteligencia tiene alguien. Si saco 150 en una prueba de coeficiente intelectual y alguien más puntúa 120, tengo más inteligencia que esa persona. Es una noción bastante simple ".

El consejero sonrió, se reclinó en su silla y gentilmente le dijo al muchacho lívido: "No es tan simple como crees, Shane. La gente no tiene inteligencia sino que, hace cosas inteligentes y, a veces, cosas estúpidas, según las circunstancias en las que se encuentre, de acuerdo a cuánto sabe de una situación y qué tan interesados están en ella. La inteligencia no es algo que eres o tienes en cantidades mensurables ".

Shane se sorprendió por estos comentarios. Sus padres, maestros y sus amigos siempre le habían dicho que era inteligente. ¿Le estaban mintiendo cuando dijeron eso? Shane no lo creía.

"Escuche, Sr. Rogers, no sé lo que tiene contra mí, pero todos los que conozco, excepto usted, piensan que soy inteligente. Voy a hablar con la Sra. Goodenough ".

La Sra. Goodenough, una veterana de treinta años de Conventional High y profesora de ciencias de Shane, estaba regando algunas plantas en su escritorio cuando Shane entró a su oficina. Cuando terminó esa tarea, miró al adolescente agitado y dijo: "¿Qué puedo hacer por ti, querido?"

Las palabras de Shane se derramaron como un torrente. "Todo el mundo siempre me ha dicho lo inteligente que soy, pero el señor Rogers dice que no se puede tener inteligencia. Dice que ni siquiera puedes medirlo. Pero eso no es cierto. Las pruebas de coeficiente intelectual miden la inteligencia y también las calificaciones. ¿Por qué el Sr. Rogers cuestiona mi inteligencia? "

Goodenough eligió sus palabras con cautela. "El señor Rogers no cuestiona tu inteligencia. Cuando las personas te dicen que eres inteligente, están usando esa palabra en un sentido muy amplio. Pero indexemos la inteligencia. La indexación es una técnica de la semántica general que, al tomar datos de las matemáticas, utiliza números de un subíndice para recordar que no hay dos cosas idénticas y que examinar partes de una categoría más grande puede ser una forma valiosa de detectar diferencias importantes. Dicho esto, voy a etiquetar lo que hace: obtener buenas calificaciones y puntajes altos en las pruebas de coeficiente intelectual, eso será Inteligencia 1. Ahora ven conmigo y veamos si podemos encontrar otros tipos de inteligencia en el campus ".

Caminaron hasta una sala donde se estaba reuniendo el consejo estudiantil. El consejo estaba votando si el fondo estudiantil debía ser destinado al baile de graduación en *Chez Moi*, el club nocturno más elegante de la ciudad, o utilizarse para comprar libros para la biblioteca de la escuela. Los resultados fueron 33-4 a favor del baile de graduación.

"Las personas en esta sala fueron elegidas para sus puestos, por lo que claramente tienen habilidades sociales superiores", le dijo Goodenough a Shane. "Llamemos a la capacidad de trabajar eficazmente con otros, Inteligencia 2".

Su siguiente parada fue el auditorio, que estaba siendo utilizado por la orquesta de la escuela para un ensayo. Sammy Pizzicato, un estudiante transferido de Highbrow High, estaba tocando un concierto para violín de Mozart mientras entraban.

"Sammy suena bien", dijo la Sra. Goodenough. "Quizás este año nuestra orquesta pueda terminar en una posición más alta que la anterior en el concurso anual de orquestas de escuelas secundarias de la ciudad. Designemos la habilidad de Sammy para tocar el violín, Inteligencia 3".

La consejera y su asistente se dirigieron al gimnasio. Allí vieron a Jock Johnson, un estudiante del último año de 2 metros que tenía alergia a la lectura de libros y cualquier otra cosa que contenga palabras, encestando sin esfuerzo alguno. "Puede que Jock no sea la luz más brillante del árbol de Navidad con respecto a las habilidades académicas", opinó la Sra. Goodenough, "pero nuestro entrenador de baloncesto me dice que brilla en los deportes. Doce universidades le han ofrecido becas deportivas. Clasifiquemos la capacidad de Jock para moverse con destreza por la cancha de baloncesto, Inteligencia 4".

Se dirigieron a la biblioteca de la escuela. Sobre el escritorio de la bibliotecaria estaba la última copia de El Conformista, la revista literaria de Conventional High. Goodenough la tomó y le dijo a Shane: "Este número contiene tres poemas de tu compañero de clase, Willie Wordsworth. Mi favorito de ellos es "Libre del celular: la única manera de ser", pero también me gusta "Mi papá está trabajando hasta la muerte para que mi familia pueda tener un montón de basura". Willie parece tener una capacidad real para entenderse a sí mismo. Categoricemos esa habilidad, Inteligencia 5".

Cuando regresaron a la oficina de Goodenough, la maestra le dijo a Shane: "¿Eres inteligente en todas las áreas que acabamos de ver? Probablemente no. Pero eso no te quita nada de tu valor como ser humano. Estoy segura de que eres lo suficientemente inteligente como para darte cuenta de eso ".

Shane no estaba tan seguro. Se había considerado especial, tal vez un genio, pero ahora pensaba que el talento intelectual era solo una forma de inteligencia. No sería fácil vivir con esa revelación.

"Señora. Goodenough —dijo Shane con voz temblorosa—, toda mi identidad ha se había desenvuelto en la creencia de ser inteligente. Ahora veo que solo soy parcialmente inteligente. Hay otros en diferentes dominios que son más inteligentes que yo. Siento que he pasado de ser "Shane el cerebrito" a 'Shane el común '. Siento haber venido a la escuela hoy. Debería haberme quedado en casa". Goodenough no estaba dispuesto a dejar que Shane sucumbiera a la autocompasión. "Shane, estás diciendo tonterías y estás empeorando las cosas con ese asunto de 'Shane el común'. No es una buena idea calificarse a sí mismo. Trata de aceptarte a tí mismo o, si es necesario, calificar tus características. Por ejemplo, "soy bueno para el tenis", "pésimo para cocinar", "bueno para hacer exámenes", etc.

Sería inteligente hacerlo ".

Shane consideró las palabras de Goodenough. Estar bien en el tenis o ser bueno para aplicar exámenes no era lo mismo que ser Shane el Cerebro, pero de alguna manera se sentía más cerca de la realidad. ¿Sabe qué, señora Goodenough? Creo que seguiré su consejo. Me enfocaré en las cosas que me interesan y dejaré de caracterizarme como inteligente o especial o simple o usando algún otro término amplio ".

"Buena idea, Shane. Tendrás más logros de esa manera y te divertirás más haciendo las cosas ".

Gracias por toda su ayuda, señora Goodenough. Voy a hablar con el Sr. Rogers durante unos minutos. Le veo luego."

Rogers estaba ocupado haciendo el papeleo cuando Shane llamó a su puerta. Se levantó para abrirle.

"Es un placer verte, Shane. Espero que hayas tenido una buena charla con la Sra. Goodenough ".

—Lo hice, señor Rogers. También hice un agradable viaje con ella por el campus. Fue muy esclarecedor ".

"Eso es genial, Shane. Soy un gran fanático de la iluminación. Sabes que esa palabra significa un movimiento filosófico del siglo XVIII que se centró en criticar doctrinas previamente aceptadas a través del pensamiento racional ".

"Lo sé. Estudiamos la Ilustración en la historia el año pasado. Nuestro país es producto de su pensamiento. Sr. Rogers, me gustaría terminar esta historia en rima. ¿Te importaría acompañarme en un diálogo lírico? "

El consejero sonrió y respondió: "Si tú tienes tiempo, yo la entiendo".

Coda

Shane: "Mi decano favorito de la sala de estudio, ¿crees que pueda ingresar a Harvard en el otoño?"

Rogers: "Las calificaciones altas pueden ayudarte a alcanzar ese objetivo, y seguro que no estaría de más entrar en el cuadro de honor".

Shane: "Estudiaré mucho, Sr. Rogers, y haré lo mejor que pueda para adquirir muchos conocimientos y superar mis exámenes".

Rogers: "Eso sería algo tremendamente inteligente, y es posible que también quieras hacer una audición para la banda y el equipo".

Shane: "Esa es una gran sugerencia; te has ganado mi gratitud y mi elogio. Ahora pienso en la inteligencia de múltiples maneras ".

La sabiduría del retraso

El rey Crouton miró cuidadosamente a tres jóvenes que estaban frente a él. Eran príncipes apuestos y talentosos con linaje noble y en menos de quince días estaría seleccionando a uno de ellos para casarse con su hija. La pregunta con la que estaba luchando el rey era cuál elegir.

Melvin el Mago, el hermano menor de Merlín, había sugerido que Crouton estableciera una prueba para los príncipes y que, el que lo hiciera mejor se quedara con la chica. El rey pensó que la idea de Melvin era una solución inteligente a su problema. Pero, ¿qué examen debería hacer a los príncipes? A Melvin, de nuevo, se le ocurrió una respuesta.

"Su Alteza, como cualquier padre cariñoso, estoy seguro que quiere que su hija se case con un hombre de buen juicio. ¿Por qué no coloca a estos muchachos en situaciones en las que esa cualidad puede ser examinada? "

Los príncipes Alf, Bart y Chuck se movían nerviosamente sobre sus pies cuando Crouton se dirigió a ellos. "Caballeros, he ideado una prueba que me ayudará a decidir cuál de ustedes deberá casarse con la princesa Matilda. Es un examen de tres partes. La primera parte consiste en matar al dragón de tres cabezas que vive en el Valle de la Desesperación. Les doy dos días para completar la tarea. Buena suerte y buena caza."

Los príncipes partieron de inmediato en su búsqueda para matar dragones. Alf fue el primero en tener problemas. Había una larga fila de ciclistas y entrenadores en el camino que conducía al Valle de la Desesperación y no tenía su TAG o IAVE, a diferencia de Bart y Chuck, que pasaron zumbando a su lado con sus pases en sus monturas.

"Esos chistosos llegarán al dragón antes que yo y no tendré la oportunidad de matar a la bestia", pensó Alf. "Será mejor que saque a mi corcel de la línea de TAG y salte el peaje". Por desgracia, fue una mala decisión. Alf fue detenido por un oficial de control de peajes y puesto bajo arresto.

Su impaciencia le había costado la oportunidad de matar al dragón.

Bart y Chuck llegaron al Valle a altas horas de la noche. Como habían estado viajando todo el día, Chuck, que era un estudiante de semántica general y tenía la costumbre de no apresurar sus reacciones y pensar las cosas, decidió que descansaría y buscaría al dragón por la mañana. Bart, a quien le gustaba reaccionar a las cosas rápidamente —en la jerga de la semántica general mostraba "reacciones señal" - tenía otros planes. Él encendió su antorcha y se internó en el bosque para buscar a la criatura.

Al amanecer, Chuck se despertó y descubrió que estaba a pocos metros de la guarida del dragón, donde la mítica bestia dormía y roncaba ruidosamente por sus seis fosas nasales. Con tres rápidos golpes, Chuck cortó las cabezas del monstruo y las metió en un saco. Luego se montó en su caballo y emprendió el regreso al castillo de Crouton. En el camino vió a Bart, todavía dormido, junto a la carretera.

Cuando llegó al castillo, el rey felicitó a Chuck por su éxito en la matanza de dragones. Dos días después, expuso la segunda parte de la prueba a los tres príncipes. Alf, puesto en libertad bajo fianza, estuvo particularmente atento mientras Crouton hablaba. "Consígueme Excalibur, la legendaria espada del Rey Arturo, que está empalada en una roca en medio de lago Ensalada César. Tienen cuatro días para hacerlo, muchachos ".

Los tres príncipes montaron sus cargas y cabalgaron hacia el lago. Cuando llegaron allí, pudieron ver el exquisito mango enjoyado de Excalibur y la brillante hoja brillante que sobresalía de una gran roca irregular a unos cuantos metros de la orilla.

"Voy a entrar", gritó Alf. Y entró, pero no demasiado lejos, porque Alf nunca había aprendido a nadar y, aunque el lago Ensalada César tiene solo medio metro de profundidad cerca de la costa, rápidamente cae a una profundidad de más de 150 metros. Afortunadamente, Bart y Chuck pudieron salvar al pobre Alf de convertirse en alimento para peces.

Bart estaba decidido a golpear a Chuck con la espada, así que después de sacar a Alf del agua se zambulló de nuevo en el lago y se dirigió a Excalibur. El problema era que, una vez que llegó a la espada, no pudo sacarla. Bart se cansó tanto de intentar liberar la espada que apenas logró regresar a tierra firme.

Chuck había prestado atención el día en que se enseñaron leyendas artúricas en su clase de inglés de la escuela secundaria, por lo que sabía que solo el legítimo rey de Gran Bretaña podría sacar a Excalibur de la roca. Como no estaba seguro de ser ese rey, decidió alquilar un bote y remar hasta la roca que contenía Excalibur, poner la roca en el bote, regresar a la orilla, poner todo en un vagón y llevar el contenido al rey.

Después de felicitar a Chuck por su segunda victoria, Crouton explicó la última parte de la prueba a los príncipes: "Tráiganme la olla de oro que se encuentra al final del arco iris. Les daré una semana para lograr esto ".

Alf y Bart se sentían desesperados. Estaban perdiendo ante Chuck dos a nada y sabían que si no lograban un gran éxito en esta prueba final, podrían acabar con el sueño de tener al rey como suegro y a la encantadora Matilda como esposa. Le preguntaron al meteorólogo real su pronóstico del tiempo para tres días. El meteorólogo respondió: "Parece que dos días de sol y luego, tal vez, el tercer día una pequeña posibilidad de lluvias". Alf y Bart corrieron a la capilla real para rezar por lluvia.

Chuck reflexionó sobre el asunto: *el rey pidió algo bastante sencillo en sus dos últimas solicitudes. Me pregunto si ahora estará siendo un poco engañoso. Déjame pensar en esto.*

¡Bingo! Chuck recordó que el Bar and Grill Arcoiris estaba ubicado al lado del primer banco real. Esa institución financiera estaba haciendo una promoción: abre una cuenta de ahorros de cinco mil dólares, consigue una olla bañada en oro.

Chuck telefoneó a su padre y le pidió un préstamo de cinco mil dólares, que prometió devolver con intereses. Su padre accedió a la solicitud y Chuck llevó el dinero al banco real, donde abrió una cuenta de ahorros y le obsequiaron una olla chapada en oro que entregó con orgullo a rey Crouton.

"Príncipe Chuck, en las pruebas que hice, retrasó sus reacciones lo suficiente para investigar y responder a las circunstancias de manera reflexiva. Esto le trajo éxito en sus esfuerzos y le traerá a Matilda por esposa. Bienvenido a la familia, joven Chucky ".

¿Joven Chucky? No quiero que me llamen "joven Chucky". ¿Qué pasa si le llamo "hombre de migas de pan"? ¿Qué pasa si digo que me alegro de que haya pasado sus días de ensalada? Apuesto a que pensaría que esos fueron comentarios tontos. Chuck quería decirle esas palabras a rey Crouton, pero no lo hizo porque estaba acostumbrado a retrasar sus reacciones y pensar las cosas. Habría tiempo después de la boda para lidiar con los comentarios destemplados de su suegro. Y algún día sería el gobernante del reino. Entonces Chuck respondió: "Espero casarme con su hermosa hija y ser parte de su ilustre clan. Brindo por su buena salud. Ojalá prospere todo lo que hace".

Einstein y Elmer el elementalista

En un tiempo antes de ahora, pero no antes de entonces, vivió un hombre susceptible llamado Elmer que tenía, en el idioma de la semántica general, tendencias elementalistas. Tales inclinaciones implican el uso de palabras para buscar la causa de algo, *por ejemplo, la causa de la delincuencia juvenil, la cura del cáncer, la forma de criar a los hijos,* asumiendo inconscientemente que solo hay una causa. "¿Qué hay de malo en ello?" tú dices. Veamos algunas cosas que le sucedieron a Elmer.

Cuando era joven, su padre le dijo a Elmer: "La manera de salir adelante en los negocios es trabajar duro y seguir las reglas". Dado que su padre era el director ejecutivo de una importante corporación global, Elmer pensó que su padre sabía de lo que estaba hablando.

Cuando Elmer consiguió su primer trabajo, utilizó los consejos de su padre para salir adelante en su trabajo. Desafortunadamente, la búsqueda de Elmer para ascender en la escala organizacional en su empresa se vio continuamente obstaculizada porque el camino hacia el avance allí era a través de las políticas de la empresa y el trabajo a presión. entonces revisó el modelo de su padre, para darse cuenta de las realidades del lugar donde realmente trabajaba, entonces lloró hasta quedarse dormido por la noche al verse frustrado en su carrera y comenzar a tener esperanzas de crecer en la empresa.

En el frente romántico, Elmer tomó las señales de cortejo que su madre le había enseñado cuando tenía trece años. Ella le había dicho: "La manera de ganar el corazón de una niña es tratarla como una reina y atender a todos sus deseos. Eso es lo que hizo tu padre al cortejarme y funcionó. No podía esperar para casarme con él ".

Elmer utilizó la guía de su madre para cortejar chicas, lo que le ganó el afecto de muchas de las mujeres con las que salía. Pero no le ganó el amor de Sarah Standoffish, la mujer que realmente deseaba. Cuando rompió su relación, Sarah le dijo: "Eres un buen tipo, Elmer, pero eres demasiado suave. No quiero estar con un hombre que sí a todo. Quiero un tipo que se enfrente a mí cuando haga demandas escandalosas".

En materia de salud, Elmer creía que la mente y el cuerpo no estaban conectados y que la causa de la enfermedad física era física. Así que lo desconcertó cuando su internista le sugirió que viera a un psiquiatra para ayudar a aliviar sus recurrentes úlceras. El médico dijo: "La gente habla de la" mente "y el" cuerpo "como si estuvieran separados el uno del otro. Pero eso no es correcto. Los procesos químicos del cuerpo afectan la mente y para eso funcionan los antidepresivos. Y lo contrario es cierto. Nuestro estado mental puede influir en nuestra condición física; la preocupación puede agravar las úlceras y otras dolencias corporales. Todos estaríamos mejor si consideramos 'mente / cuerpo' como un proceso en lugar de la mente y el cuerpo como entidades sin conexión".

Cuando Elmer salió del consultorio del médico, se dirigió a su lugar favorito del mundo para pensar: El bar de Bernie. Cuando llegó, pidió un whisky, leche y una bolsa de cacahuates. En un banco junto a él estaba un hombre de cabeza tupida que se parecía a Albert Einstein. El tipo estaba bebiendo un Riesling alemán y le decía al camarero que era una excelente opción para las personas que preferían el vino con bajo contenido alcohólico.

"Disculpe", le dijo Elmer a su vecino que bebía Riesling, "¿alguien le ha dicho alguna vez que se parece a Albert Einstein?"

"Me lo han dicho muchas veces. Y bueno, deberían porque soy Albert Einstein ".

"¿Estás bromeando?" Elmer respondió. "¿Qué quieres decir con que eres Albert Einstein?"

"Quiero decir que soy Albert Einstein", dijo el tipo de pelo esponjoso. "Cuando morí, en mil novecientos cincuenta y cinco, fui al gran más allá donde trabajé en refinar mis ecuaciones de tiempo y espacio. Como resultado de esos esfuerzos, se me ocurrió una fórmula para viajar en el tiempo. Ahora voy y vengo entre el cielo y la tierra, con bastante frecuencia en realidad. Disfruto especialmente venir al bar de Bernie por el Riesling y el aserrín del suelo. Hoy en día es difícil encontrar aserrín en los bares".

"¡Es una historia asombrosa!" Elmer dijo en un tono resonante y respetuoso. "Realmente es."

"Los cacahuetes de Bernie también son increíbles", respondió Einstein. "Veo que también ordenó una bolsa."

"Sí, lo hice. Y voy a pedir otro whisky y leche. Tuve un día difícil. Mi médico me dijo que fuera a ver a un psiquiatra. Aparentemente, lo que piensas puede afectarte físicamente".

"Eso es cierto", respondió Einstein. "La 'mente' y el 'cuerpo' no están separados el uno del otro. ¿Puede haber una mente sin un cuerpo? Sin cuerpo, no habría mente. Y sin la mente, ¿qué sería el cuerpo? La mente y el cuerpo están interrelacionados".

"Eso es también lo que dijo mi médico. ¿Puedo hacerle una pregunta, señor Einstein?

"Claro, siempre y cuando no sea '¿Cómo es el cielo?' El tipo que me deja vivir allí me ha dicho que se supone que no debo responder eso. Y llámame Al. El Sr. Einstein era mi padre ".

"Está bien, Al. Este es el asunto. Siempre he buscado la manera de hacer esto o la manera de hacer aquello o la causa de esto o la causa de aquello. Pero últimamente he tenido algunas experiencias que me han llevado a cuestionar la sabiduría de pensar de esa manera. Me gustaría preguntarte: "¿Cuál es la mejor manera de pensar sobre las cosas?"

"Esa es una pregunta demasiado amplia para que la responda", respondió Einstein. "Limitas tus posibilidades de encontrar una buena solución si dices la forma de hacer esto o la forma de hacer aquello. Por lo general, hay más de una forma de hacer algo. Y aquí hay otro consejo: las personas a menudo pierden el panorama general en situaciones porque usan palabras aisladas para definirlas. Si hubiera hecho eso, no se me habría ocurrido la noción de "espacio-tiempo" en mis fórmulas matemáticas. Conectar ciertos términos que se dividen a través del lenguaje, como "espacio" y "tiempo", pero que están vinculados en el mundo natural, tiene sentido. La teoría de la Semántica General sugiere dividir esos términos con guiones. Por ejemplo, 'psico-somático', 'socio-cultural' y 'neuro-lingüístico' ".

"Eso es útil, Al, pero no me gusta usar guiones. Mi disgusto por ellos se debe a que cuando era un niño en el quinto grado, mi maestra puso el título "estúpidos-tontos-idiotas" en la pizarra. Si un estudiante hiciera algo incorrecto, su nombre aparecería debajo de esa pancarta. Hice muchas cosas mal, así que mi nombre apareció muchas veces como un estúpido-tonto-idiota, lo que me llevó a detestar el lenguaje con guiones. ¿Hay otra forma de comprender la interrelación de palabras concretas? "

"Prueba esta formulación de la semántica general: colocar comillas alrededor de palabras que involucren ideas relacionadas. Por ejemplo, los pensamientos influyen en los sentimientos y los sentimientos influyen en los pensamientos. Entonces, cuando hables de "pensamientos" y "sentimientos", coloca comillas en tu mente. Eso te ayudará a ser sensible a su interdependencia ".

"Esa es una súper sugerencia, Al. ¿Qué tal si me das algunos otros consejs relacionados a la manera de pensar? "

"Lo siento, no puedo hacerlo. Tengo una cita en diez minutos con mi casera en el paraíso y si no llego a tiempo, será un infierno que pagar. Pero volveré aquí el próximo martes ".

"Bueno, fue un placer haberte conocido, Al. Y espero verte la semana que viene. ¿Vienes a alguna hora en especial? "

"Normalmente llego alrededor de las ocho de la noche. Ahí es cuando comienza el canto de karaoke. Hago una interpretación mezquina de "*Time after Time*", y mi "*Travellin" Man* "siempre es un gran éxito entre la multitud. Después del canto, Bernie vende camisetas que tienen mi foto al frente con un mensaje que dice: "Cuando se trata de física, Einstein es el hombre". Como pensé que la leyenda era elementalista, en la parte de atrás de las camisetas le pedí a Bernie que agregara imágenes de Galileo y Newton con palabras que decían: "Y no te olvides de estos dos tipos".

BEATER
POLITICS
CITIES
LAKES
FISH
"US"
$200
$200
$1000
$2000
YEAH,
I KNOW
$55000
Bill

La transformación del sabe-lo-todo

En un mundo en el que la gente suele llegar tarde a las citas, hacer abluciones irregulares y, a veces, llegar tarde para pagar el alquiler, Wally Wiseapple fue un modelo de virtud. Era puntual en sus compromisos, se bañaba todos los días y enviaba por correo las remesas de su alojamiento antes del diez de cada mes. Por desgracia, Wally tuvo una falla importante. Él era un sabe-lo-todo. Hágale una pregunta sobre Oriente Medio y Wally responderá: "Déjame contarte todo sobre Oriente Medio". Si el tema girara en torno a la religión, podría contar con que Wally declarara: "Sé todo sobre asuntos espirituales". Cuando se hablaba de deportes, Wally solía decir: "No hay nada que nadie pueda enseñarme sobre atletismo". Cualquiera sea el tema, Wally lo sabía todo.

Ahora bien, el hecho es que nadie puede saberlo todo sobre nada. Y si bien esta afirmación puede parecerle obvia, ciertamente no lo fue para Wally. Creía saber lo que es imposible saber: todo sobre todo.

Un día, Wally recibió una llamada de los productores del programa de televisión Jeopardy: "Wally, hemos revisado tu cinta de audición y te queremos como concursante. Por favor, ven al estudio mañana por la tarde para estar en el programa ".

Wally estaba bastante tranquilo cuando las cámaras empezaron a rodar. Pensó que derrotaría a sus oponentes fácilmente ya que sabía todo lo que había que saber: *¿Cuánto podrían saber ellos? Sin duda, menos que yo.*

Wally lo hizo bien en la primera ronda de Jeopardy. Lo hizo aún mejor en la segunda ronda. Cuando se anunció la pregunta final de Jeopardy, Wally tenía una ventaja monetaria sustancial sobre sus dos competidores. La pregunta final fue "¿Quién fue el único presidente que se mantuvo soltero durante toda su vida?" Wally anotó a James Monroe. La respuesta correcta fue James Buchanan.

Como Wally había apostado todo su dinero en la pregunta final, se quedó sin nada cuando se equivocó en la pregunta. Sus dos rivales dieron la respuesta correcta. Wally terminó último.

Wally fue objeto de muchas burlas en el trabajo al día siguiente: "Supongo que el señor Sabe-lo-todo no sabe mucho". "¿Cómo podría un tipo brillante como tú no saber cosas sobre los presidentes estadounidenses?" "Bueno, tienes la mitad de la pregunta correcta. El primer nombre del presidente era James ".

Wally se sintió herido por estos comentarios y su confianza en sí mismo comenzó a decaer. Comenzó a aislarse de los demás porque no quería correr el riesgo de decir algo que estaba mal.

Una tarde, cuando Wally estaba deprimido en la cafetería de los empleados, Peggy Pleasant, una asistente administrativa afable del departamento de recursos humanos, se sentó a su lado.

"¿Cómo te va, Wally?"

"Más o menos", respondió. "¿Cómo van las cosas contigo, Peggy?"

"Las cosas van bien. Voy a recibir un aumento".

"Qué bien. Eres una buena trabajadora. Te lo mereces".

"Gracias por el cumplido, Wally. Creo que un curso que estoy tomando sobre cómo mejorar su pensamiento a través de las formulaciones de la semántica general me ha ayudado a obtener dinero extra. Tal vez deberías tomar ese curso también".

"¿Por qué? ¿Crees que soy un pésimo pensador?

"Creo que todos podemos buscar ayuda para mejorar nuestras habilidades de pensamiento. De todos modos, si estás interesado, el curso se imparte los miércoles por la noche a las siete en la escuela secundaria de la calle principal. El tema de esta semana será cómo superar las *actitudes de todos*".

Cuando Wally se fue a casa esa noche, pensó en su conversación con Peggy y llegó a la conclusión de que perdía poco si tomaba un curso sobre cómo mejorar las habilidades del pensamiento. Y tenia curiosidad acerca de lo que diría el maestro sobre las actitudes de todos.

Peggy saludó a Wally cuando entró al aula de la escuela secundaria.

Llegó tarde y el instructor ya estaba hablando.

"Las personas que piensan que saben todo sobre las cosas están demostrando

actitudes de totalidad. Estas actitudes son bastante comunes y relativamente fáciles de detectar en los demás, pero detectarlas en nosotros mismos es más complejo. Todavía más difícil es pensar en ideas que nos mantengan flexibles y alejados del pensamiento totalitario".

"Tienes razón", murmuró Wally para sí mismo mientras el profesor continuaba con su presentación.

"La ciencia nos dice que no podemos saber todo sobre el mundo o nada acerca de él. Por tanto, nuestros mapas mentales de la realidad siempre están incompletos. Aceptar esta idea nos permite estar más abiertos a adquirir nueva información sobre diversos temas".

Wally pensó que esta afirmación tenía algo de razón y que buscar nueva información acerca de las cosas podría no ser tan malo.

"Otra buena forma de vencer las inclinaciones a saber-lo-todo es emplear términos como 'para mí', 'creo' y 'parece', al hacer declaraciones. Tales expresiones dejan en claro que nuestras observaciones y opiniones tienen límites definidos. Por ejemplo, "*Para mí,* la pizza es la comida más deliciosa del mundo". "*Creo que* la ciudad de Nueva York es el mejor lugar para vivir". '*Parece* probable que hoy neve'".

El idea de usar ciertos términos en las conversaciones tenía mucho sentido para Wally y decidió probarlo.

"Por último", concluyó el instructor, "uno puede agregar un 'etcétera' silencioso al pensamiento de uno como un recordatorio de que siempre hay más que se puede aprender, más que se puede decir".

Wally decidió que agregaría más de un etcétera a su pensamiento: *dada mi inclinación por hacer declaraciones de saber-lo-todo, creo que seré como Yul Brynner en* El rey y yo. *Cuando se trata de etcétera, agregaré tres.*

Wally aplicó asiduamente su nuevo conocimiento sobre cómo superar las actitudes de saber-lo-todo y descubrió que mejoraba enormemente su capacidad para razonar con claridad y llevarse mejor con los demás. Durante el año siguiente fue ascendido varias veces en el trabajo y fue designado empleado de el mes durante tres meses seguidos. Wally también fue elegido presidente de la división local de la Asociación Internacional de Escucha y se casó con Peggy Pleasant.

Para algunos de sus colegas, el éxito y la buena fortuna de Wally al cambiar su vida era como sacado de un cuento de hadas. Pero lo que le sucedió a Wally está dentro del ámbito de lo posible. Ciertamente, han ocurrido cosas más extrañas en la vida real. Por ejemplo, la heroína fue una vez un medicamento perfectamente aceptable recetado por los médicos como supresor de tos. E igualmente increíble (tal vez incluso más), antes de la década de 1960, las compañías tabacaleras publicaban anuncios respaldados por médicos que sugerían que fumar tenía beneficios para la salud. Sería difícil encontrar una historia más loca que esa.

ICE CR

Frieda y la enfermedad IFD

Frieda Fischer era una afortunada dama que tenía lo que la mayoría de la gente consideraría una vida fabulosa, a saber: un esposo amoroso, dos hijos sanos y bien educados, una casa de seis habitaciones con una cerca blanca, una cuenta de ahorros de siete cifras, libertad para trabajar como abogada o ser ama de casa, un *Springer Spaniel* llamado Spencer, un Jaguar Convertible y salidas los miércoles por la noche con amigas. Frieda también tenía un seguro médico que cubría la atención de salud mental para pacientes ambulatorios, que aprovechaba muy bien.

En terapia, Frieda discutió un problema que la había atormentado durante toda su vida: la incapacidad de encontrar la felicidad y el éxito "verdaderos". Varios terapeutas habían intentado ayudarla a resolver ese problema, pero sus esfuerzos habían resultado inútiles. Estaba a punto de registrarse en un hospital psiquiátrico muy caro cuando vio un pequeño anuncio en un periódico local. Decía: "La verdadera felicidad y el éxito solo existen en los cuentos de hadas. Para obtener información sobre cómo lograr satisfacciones en la vida real, comuníquese con el Dr. Pragmato". Frieda llamó al número que figuraba en el anuncio e hizo una cita para ver al médico.

Cuando Frieda entró en la oficina de Pragmato, estaba hablando por teléfono. Cuando terminó su conversación, la miró y dijo: "¿En qué puedo ayudarla?".

"Siento una gran frustración por no ser realmente feliz y tener éxito", dijo Frieda, "y me he deprimido bastante por el asunto".

"¿Cuál es su definición de verdadera felicidad y éxito?" preguntó el doctor.

"Las personas que son verdaderamente felices y exitosas pueden hacer exactamente lo que quieren y nunca fallan en nada".

"¿Conoce a alguien que se ajuste a esa descripción?"

"No, no personalmente. Pero estoy segura de que hay gente así alrededor."

Pragmato se reclinó en su silla y se acarició su barba, un estilo de vello facial que ha sido usado a lo largo de los siglos por todo tipo de personas, incluidas las famosas como el cardenal Richelieu, Charles Dickens y Tupac Shakur. Luego dijo: "*Creo que estás sufriendo la enfermedad de EFI*".

"¿Qué diablos es eso?" Frieda respondió.

"Enfermedad IFD es un término acuñado por Wendell Johnson en su libro Personas en dilemas: la semántica del ajuste personal[3]. Describe una condición en la que se llega a la frustración por no lograr altos ideales y esto puede llevar a la persona a desanimarse. IFD se refiere específicamente a un individuo que pasa de un estado de Idealización a Frustración y Desmoralización. Es una forma de locura en la que se pierde el sentido al glorificar las metas, como la verdadera felicidad y el éxito son estándares vagos que no tienen referentes objetivos en el 'mundo real' ".

"¿Locura? ¿Cree que estoy loca, doctor?

"Por supuesto no. Eres una joven muy práctica que se enfrenta bien a responsabilidades importantes. Definitivamente no estás loca. Simplemente estás pensando de una manera poco sana con respecto a tus nociones de verdadera felicidad y éxito ".

"¿Puedo aprender a pensar con más cordura sobre esas cosas?"

"Creo que se puede y para ello sugiero estudiar la semántica general, un sistema de 'autoayuda' basado en la ciencia diseñado para ayudar a las personas a evaluar mejor y superar las dificultades cotidianas. La semántica general se describe en *Personas y dilemas*, el libro al que aludí anteriormente".

"¿Ese libro también me enseñará cómo superar la enfermedad de EFI?"

"Lo hará, Frieda, y yo también. El truco para superar la enfermedad de EFI es utilizar definiciones operativas para ideas vagas como" felicidad "y" éxito ". Por ejemplo, la felicidad es que el equipo de béisbol al que apoyes gane la Serie Mundial; el éxito es resolver el crucigrama del New York Times. Si no son estas cosas, entonces la felicidad o el éxito deben ser algo que hagas o puedas imaginarte haciendo, algo específico y alcanzable".

"Bueno, me he comprometido y logrado varias cosas en mi vida. Me fue bien en la universidad y en la escuela de posgrado, tengo una gran carrera, un

---

3   Wendell Johnson, *People in Quandaries: The Semantics of Personal Adjustment* (Concord, CA: International Society for General Semantics, 2002).

esposo excelente, dos hijos encantadores, buenos amigos, buena salud y, si puede soportar el cumplido médico, un psiquiatra maravilloso ".

Gracias por los accesorios, Frieda. Me complace cuando los pacientes elogian mi trabajo. Pero más concretamente, espero haberte convencido de que renuncies a tu búsqueda de la "verdadera" felicidad y el éxito. Son ilusiones verbales. En lugar de perseguir tales fantasías, simplemente haz lo que creas que vale la pena hacer. Si no tienes éxito en algo en particular, consuélate con G.K. Las palabras de Chesterton, "Si algo vale la pena, hazlo aunque salga mal".

"Esa es una gran cita, doc. Cuando llegue a casa, la escribiré en la computadora y lo enmarcaré. Debo decir que esta ha sido una visita muy productiva para mí".

"Me alegra escuchar eso, Frieda. Si trabajas en lo que te he dicho, creo que te sentirás mucho mejor".

"¿Sabe qué me haría sentir mejor en este momento, doctor Pragmato?"

"No tengo ni idea, Frieda".

"Una bola doble de helado Very Berry Strawberry de Baskin-Robbins cubierta con chispas de arco iris, malvaviscos y maní en un cono de waffle recién horneado".

"¡Estás de suerte! Hay una heladería Baskin-Robbins al final de la manzana. Te sugiero que vayas allí ahora mismo y te relajes. De hecho, creo que me uniré a ti".

Sam y el pájaro extraño

En las colinas sagradas de Beverly, un reino próspero en la costa oeste de Estados Unidos, vivía un estudiante sobresaliente con el apelativo común, Sam. El muchacho nunca obtuvo menos de noventa y cinco en una asignatura principal ni menos de noventa y ocho en una menor. Se destacó en los deportes, el debate y el oboe. Con una sonrisa ganadora y una disposición dulce, habrías pensado que Sam se sentiría como el rey de la colina. Te habrías equivocado.

Sam creía que era horrible ser ignorado en las conversaciones. Esta creencia le causaba una gran infelicidad porque se sentía herido cada vez que hablaba con alguien y no le prestaban atención a todo lo que decía. Sam se las arregló para ocultar su dolor en la escuela primaria y secundaria, pero su sufrimiento empeoró tanto en la escuela secundaria que decidió dejarla.

Sam subió a la repisa fuera de la ventana de su habitación del noveno piso y estaba a punto de saltar cuando un pequeño pájaro amarillo con un coeficiente intelectual de 150 y la capacidad de hablar, aterrizó junto a él.

"¿Que pasa, amigo?"

"¡Oh, Dios mío, puedes hablar!"

"Claro, y puedo volar. Pero tú no puedes. ¿Qué estas haciendo aquí afuera?"

Sam le explicó su difícil situación. Cuando terminó, la criatura dijo: "Estoy de acuerdo en que no es divertido charlar con los demás y que te ignoren. Yo mismo he tenido esa experiencia. Mira, seguramente más tarde, estaré tuiteando feliz y uno de mis amigos emplumados, o tal vez todo el rebaño, me ignorará. Odio cada vez que sucede."

"¿Cómo pueden los otros pájaros entenderte? ¿Ellos hablan inglés?"

"Por supuesto que no", dijo el pájaro. "Son un montón de cerebros de pájaro. Afortunadamente, soy bilingüe. Además del inglés, hablo 'chirp-and-cheep' ".

Sam estaba asombrado de que estuviera teniendo una conversación inteligente con un pájaro, y bastante cortés. El pequeño amarillo no lo había ignorado ni una vez durante su coloquio.

"¿No te sientes terrible cuando otras aves te critican? ¿No crees que debe haber algo mal contigo? "

"En realidad no", respondió el pájaro. "No creo que sea tan fascinante como para poder mantener continuamente la atención de cada bestia alada con la que hablo. Por supuesto, si realmente quiero atención, hablo con la gente. Parecen fascinados por todo lo que digo".

"Puedo entender eso", respondió Sam. "Y pronuncias tus palabras con tanta claridad".

"Creo que no es solo lo que dices, sino cómo lo dices. Los presentadores de noticias en las cadenas de televisión, con sus inflexiones del Medio Oeste, son mis modelos a seguir para una enunciación adecuada ".

"Bueno, ciertamente eres un orador magistral y he disfrutado hablar contigo", dijo Sam, "pero la vida se ha vuelto insoportable para mí. Creo que daré el paso".

Sujete sus caballos, joven. Antes de hacer una inmersión en cisne, permíteme pensar un poco en tu situación. Tal vez pueda idear un plan sustituto para ti ".

"Okey. Te daré dos minutos para pensar en algo". "¡Lo tengo!" el pájaro tuiteó. "¿Puedo hacerte una pregunta?" "Seguro", respondió Sam.

"¿Crees que te ignoran en las conversaciones más que a otras personas?"

"No lo sé", dijo Sam. "Se siente como si lo fuera, pero para ser honesto contigo, nunca pensé que otras personas fueran ignoradas en las conversaciones. Supongo que he estado demasiado ocupado pensando en mí en lugar de observar lo que pasa con los demás ".

"Bueno, creo que es importante saber si hay algo especial por lo que te están ignorando y tengo una teoría que puedo utilizar para averiguarlo".

"¿Cuál es la teoría?"

"Se llama método científico. Aprendí sobre su valor para resolver problemas cotidianos en un curso de semántica general que tomé con un grupo de gansos en la Universidad Golden State hace unos años.

Sam había aprendido sobre el método científico en la escuela secundaria.

Recordó que sus principales principios eran observar, probar, evaluar. Había usado esa fórmula en sus experimentos de laboratorio de ciencias.

"Sé que el método científico funciona en el laboratorio, pero ¿puede ayudar a resolver problemas personales en la vida real?" Preguntó Sam.

"Absolutamente", respondió el vertebrado en el aire. "He usado el método científico muchas veces para manejar las dificultades y obtuve excelentes resultados. Lo empleé hace un par de semanas para ayudarme a superar el miedo al rechazo al invitar a las chicas a una cita. Realicé un experimento en el que invité a cenar conmigo a cien hembras diferentes que conocí mientras volaba sobre Griffith Park ".

"¿Como salió eso?"

"Bueno, solo dos de las chicas aceptaron mi invitación, y nunca aparecieron en el estanque que reservé para nuestra cita. Pero superé totalmente mi miedo al rechazo".

"Está bien", dijo Sam, "probaré el método científico. ¿Qué tengo que hacer?"

"Quiero que realices una prueba en dos partes. Para la primera parte, deberás observar las conversaciones de los estudiantes en la cafetería de la escuela durante dos semanas para determinar hasta qué punto las personas se ignoran entre sí cuando hablan. Me reuniré contigo en la repisa dentro de quince días para discutir tus hallazgos".

Sam siguió las instrucciones de su mentor aviar y, al hacerlo, fue testigo de numerosos casos en los que los estudiantes se ignoraban durante los intercambios verbales. Concluyó que tal comportamiento no era inusual. En realidad, era normal.

El pájaro escuchó con gran atención cuando Sam informó los resultados de su investigación. "Has hecho un gran trabajo, amigo mío. Ahora quiero que entrevistes a veinticinco estudiantes seleccionados al azar para conocer sus puntos de vista sobre ser ignorados durante las conversaciones. ¿Puedes hacer eso?"

"¡Por supuesto!" respondió Sam.

Las respuestas de las entrevistas que Sam recibió fueron variadas, pero básicamente se dividieron en tres categorías: "Ser ignorado en las conversaciones no me molesta en absoluto". "No puedo soportar que me ignoren". "Como no puedes controlar las reacciones de otras personas, no vale la pena enfadarte demasiado por ser ignorado".

La última respuesta fue, con mucho, la más popular y, combinada con sus observaciones de las discusiones de los estudiantes en la cafetería de la escuela, esto ayudó a Sam a comprender que uno no tiene que volverse un ermitaño o suicida si no se le escucha con total atención durante todas las partes de una conversación. Y, si bien esto puede no parecer una gran revelación para la mayoría de las personas, ciertamente lo fue para Sam, quien tenía un pájaro extraño y el método científico para agradecerlo.

I HAVE
POST
DOGMATIC
STRESS
DISORDER

El mago de "es"

Esta es la historia de Betty la fanfarrona, ella era una mujer bravucona con la que no era fácil hablar. ¿Crees que estoy exagerando al decir que las conversaciones con Betty eran difíciles? Permíteme mostrarte la siguiente discusión entre Betty y su compañera de trabajo, Bonnie.

Bonnie: Ayer vi *El Padrino* en un festival de cine de antiguo. Realmente lo disfruté.

Betty: Esa ha sido la mejor película de todos los tiempos. Nada se le acerca.

Bonnie: Otras películas han sido mu buenas también. *El ciudadano Kane y Lawrence de Arabia* me entretuvieron bastante.

Betty: No se parecen en nada a *El Padrino*. Francis Ford Coppola es el mejor director que jamás haya existido y nadie actúa mejor que Brando y Pacino. Obviamente, no sabes mucho sobre películas.

Bonnie: Quizás no, pero sé lo que me gusta. De todos modos, después de la película fui al Museo de Arte Moderno y vi su última exhibición. Pensé que era muy interesante.

Betty: El arte moderno no es arte. Es exageración y pretensión disfrazada de arte. Ya no hay arte real. El arte desapareció en el siglo XIX.

Bonnie: Tienes derecho a tu opinión, Betty, pero no estoy de acuerdo. Creo que el arte moderno es arte en todos los sentidos. Hablemos de otra cosa.

Betty: De acuerdo. ¿Te dije que anoche salí a cenar al Chez Magnifique? El *New York Times* le dio a ese restaurante cuatro estrellas a pesar de que tiene la peor comida de la ciudad. A nadie le podría gustar esa comida. Me sorprende que el restaurante siga funcionando.

Bonnie: Lo que digas, Betty. Escucha, ya no puedo hablar. Tengo que volver al trabajo.

Los fines de semana fueron duros para Betty. Su estilo de conversación dogmática hizo que no tuviera amigos y sus padres no la querían de visita. Aunque ocasionalmente salía (Betty era físicamente atractiva y sabía muchas cosas sobre todo tipo de cosas), sus relaciones nunca duraron mucho. Los dos compañeros principales de Betty eran su gato y su televisor.

El Dr. Friedrich Flugelman, el terapeuta de Betty, había intentado persistentemente que Betty entendiera que sus posiciones inequívocas desanimaban a la gente. Pero no había tenido éxito en ayudarla a ver esto. "Dr. Flugelman", dijo Betty, "lo digo como es".

Un día, Betty le dijo a Flugelman que él era el peor psicólogo del mundo. Él respondió diciendo: "Betty, he trabajado contigo durante cinco años y no hemos avanzado mucho. Creo que deberías ver a alguien más".

Betty se fue a casa esa noche y habló con su gato. "Schrodinger, eres el único con quien realmente puedo comunicarme. Esa no es una buena situación para una mujer de veintinueve años que quiere casarse y tener hijos. Quiero que las cosas cambien para mí. Realmente lo quiero".

En ese momento sonó el timbre de su puerta. Era Frank Wizard, un vecino del apartamento al otro lado del pasillo. "Siento molestarte, Betty", dijo, "pero ¿puedo pedir prestada una taza de azúcar? Mi mamá viene a visitarme y quiero hornearle un pastel".

A Betty le agradaba Frank. Era alto, bronceado y lucía ingeniosos tatuajes en sus bíceps que decían: "Amo a mamá". También era un caballero. Frank siempre mantuvo la puerta abierta para Betty en el vestíbulo del edificio.

¿Es sólo azúcar lo que necesitas, Frank? También tengo mantequilla, huevos, harina, un rodillo de amasar Williams-Sonoma, una tabla de cortar, una batidora y una amplia variedad de moldes para hornear para todo uso".

Gracias, Betty. Creo que el azúcar funcionará bien".

"Okey. Por cierto, ¿qué tipo de pastel estás haciendo? " "Pastel del diablo."

"No es un gran pastel de hacer, Frank. Es demasiado achocolatado".

"Para mi madre, nada puede contener demasiado chocolate. Es una gran fanática del dulce".

Como quieras. Solo estaba tratando de ser útil".

Gracias, Betty. Siempre me gusta escuchar tus opiniones".

"No te estaba dando mi opinión, Frank. El pastel del Diablo sí contiene demasiado chocolate".

Frank no respondió de inmediato a este comentario porque no quería iniciar una discusión con su vecino. Pero sí quería hacer un comentario al respecto, así que dijo: "Betty, cuando dices que el pastel del Diablo contiene demasiado chocolate, me estás diciendo muy poco sobre lo que estás describiendo. En cambio, me estás diciendo algo sobre ti. Estás proyectando tu idea de lo que consideras demasiado chocolate. Estás confundiendo opiniones con hechos ".

Los sentimientos positivos de Betty por Frank anularon su deseo de debatir, así que dijo: "Eso es interesante. ¿Qué sugieres que haga con esta confusión que tengo?"

"Te sugiero que use expresiones calificativas como 'me parece' o como 'yo lo veo' o 'desde mi punto de vista' cuando hables de cosas como que el pastel del Diablo tiene demasiado chocolate. Esas frases les indican a los demás que estás comunicando tus creencias, no verdades absolutas".

"Bueno, Frank, me parece que sabes cosas acerca de la comunicación humana. ¿Eres terapeuta?

"No, soy soldador. Pero lo que hago es un poco como terapia. Reparo las conexiones dañadas".

A Betty le gustó la metáfora pero también le gustaba el creador de las metáforas, así que decidió conversar con él. "Frank, mucha gente me ha dicho que tengo problemas para separar lo que está sucediendo en el mundo que me rodea de lo que digo respecto a él. ¿Crees que podrías ayudarme a superar esa dificultad?"

Creo que puedo, Betty. Soy un estudiante de semántica general y he aprendido de esa disciplina que la palabra "es" puede contribuir al problema que describiste. Cuando una persona usa "es" para vincular un sustantivo y un adjetivo que modifica ese sustantivo, puede proyectar inconscientemente cosas. Por ejemplo, cuando decimos "Él es vago" o "Ella es inteligente", estamos sugiriendo que la "pereza" se encuentra en él o que la "inteligencia" se encuentra en ella. Esto contradice lo que realmente está sucediendo: estamos proyectando nuestras opiniones sobre la "pereza" y la "inteligencia" en otras personas. Calificar nuestras respuestas transmite esa realidad, por ejemplo, 'Me parece un perezoso' o 'Desde mi punto de vista, ella es inteligente'".

El pensamiento inicial de Betty sobre lo que Frank le acababa de decir fue "Frank es el tipo más inteligente del mundo" y "Frank es simplemente perfecto". Sin embargo, ahora sabía que pensar de esta manera era de hecho incorrecto: para ser más exacto, debería describir a Frank como perfecto para mí o, desde mi punto de vista, Frank es el hombre más inteligente del mundo. Aunque entendía que razonar de esta manera no sería fácil de hacer, Betty decidió intentarlo.

Tomó algo de tiempo, pero a través de la perseverancia y el trabajo duro, Betty superó su propensión a la pomposidad y cuando Frank le propuso matrimonio se casó con él. Se mudaron a una casa en los suburbios donde viven hoy con un perro, un gato y dos magos jóvenes. Frank dirige su propia empresa de construcción y Betty, a través de su estudio de semántica general, se ha convertido en una consultora de comunicaciones de gran éxito. Es una apuesta tonta profetizar que Frank y Betty vivirán felices para siempre, pero por el momento, ambos me parecen bastante felices.

El cuento del avaro que deseaba

"Pensé que tenías tres deseos por salvar al genio de la botella". "Eso es normalmente cierto, Fred", respondió el genio, "y créeme, si pudiera darte tres deseos, o trescientos deseos, lo haría. Desafortunadamente, el poder de los genios, como otras formas de energía, se ha agotado enormemente durante la última década. Me temo que puedo ofrecerte un solo deseo. Intenta que sea bueno".

Fred pensó que el genio probablemente estaba diciendo la verdad. ¿Por qué mentiría y se arriesgaría a ser arrojado de nuevo al océano? Pero Fred estaba decidido a obtener más de un deseo, por lo que dijo: "Aceptaré que se me conceda un solo deseo, pero tienes que prometer que, sea lo que sea, lo cumplirás".

"Por supuesto, maestro. Conceder deseos es lo que hacemos los genios para vivir. Somos los expertos en el negocio del cumplimiento de deseos. Por favor, haz que se conozca tu deseo".

"Mi deseo es que me concedas tantas solicitudes como te haga. Eso significa que si digo que quiero esto, lo tengo. Y si digo que quiero eso, también lo consigo. Ese es mi deseo".

"Fred, estás pidiendo algo que estaría mal que yo hiciera. Si estoy de acuerdo con tu deseo, reduciré el suministro de energía de los genios en todas partes. Las personas, especialmente los niños, no tendrán las cosas que desean que sucedan. Estoy seguro que no querrás que eso suceda".

"¿Cómo sabes lo que quiero? Mira, genio, no creo que estés en una posición particularmente buena para negociar. Entonces, ¿qué harás? ¿considerarás mi oferta o te arrojo de vuelta al mar?

El genio, severamente apretado por el cristal que lo rodeaba, respondió dócilmente: "Está bien, supongo que estoy atrapado. Acepto tu demanda de concederte todo lo que me pidas. Ahora, por favor, déjame salir de aquí".

Fred descorchó la botella y el genio se precipitó hacia los cielos. "¡Guau! Es increíble ser libre y estar al aire libre. No te vayas. Voy a dar una vuelta rápida al planeta. Vuelvo en un minuto". Y con eso el genio desapareció en el horizonte.

Sesenta segundos después, reapareció el genio. "No puedo creer lo bien que me siento. No me había ejercitado en novecientos años y todavía puedo correr por todo el mundo como en los mejores tiempos. De acuerdo, Fred, vayamos al grano. ¿Qué quieres?"

"Me gustaría un millón de dólares, mi energizado charlatán".

Pasaron diez minutos y no pasó nada. "¿Qué está pasando, genio? Dije que quiero un millón de dólares. ¿Tienes problemas de audición o estás contrariando el acuerdo que hicimos de darme cualquier cosa que te pidiera?

"Me molesta tus dudas Fred. Los genios somos escrupulosamente honestos y, a lo largo de los milenios, ninguno de nosotros ha retrocedido jamás en una promesa que hicimos".

"Entonces, ¿qué pasó con el trato?"

"Dijiste que *te gustaría* un millón de dólares. Esa es una expresión de deseo, similar a mi deseo de estar fuera de la botella. No me pediste que te consiguiera un millón de dólares".

"Muy cierto, mi montoncito de vapor. Lamento mi imprecisión. Déjame intentar de nuevo. Quiero que me consigas un millón de dólares".

El cielo se oscureció y el ruido fue ensordecedor cuando cien millones de centavos cayeron a la tierra alrededor de Fred.

"Ahí está su millón de dólares, maestro".

Montañas de cobre lo rodeaban. La gente corría hacia estas colinas de monedas de un centavo y se metía puñados de monedas en los bolsillos y carteras. Un compañero llamó a su esposa para que viniera con un camión U-Haul. La incredulidad de Fred sobre la situación se convirtió rápidamente en ira. "Quieres romperme las costillas. ¡Bien! Jugaré juegos de palabras contigo. Escucha con cuidado, mi vapor maquiavélico. Quiero un millón de dólares depositado en mi cuenta de ahorro ahora mismo".

Fred apenas terminó su declaración antes de sacar su teléfono celular y marcar a su banco. Después de tres minutos de que se le pidiera que ingresara el número de cuenta, una persona contestó el teléfono.

"¿Puede decirme cuánto dinero tengo en mi cuenta de ahorro?"

"Catorce dólares con ochenta y tres centavos, señor".

"Eso es imposible. Debería tener más de un millón de dólares en la cuenta".

"Déjame verificar eso. Oh, ya veo lo que pasó. Hace cuatro minutos se hizo un depósito de un millón de dólares, pero se retiró un minuto después. ¿Puedo ayudarle con algo mas?"

Fred no respondió. Una sensación de malestar se estaba sintiendo en la boca del estómago: al igual que un mapa no puede decir todo sobre el territorio, las palabras no pueden describir todas las cosas que representan. Se había encontrado con esa idea hace muchos años en un libro sobre semántica general, pero no había pensado mucho en lo que significaba. Ahora la realidad de ese concepto volvía a perseguirlo.

Fred miró al genio. "Dije que ahora mismo quería un millón de dólares en mi cuenta de ahorro. Supongo que ahora significa menos de cuatro minutos para ti. ¿Estoy en lo cierto en esa suposición? "

"Así es Fred."

La sensación de malestar en el estómago de Fred empeoraba. El genio parecía saber que siempre hay más de lo que se puede decir sobre cualquier cosa; que nunca se puede capturar por completo un pensamiento o una idea a través de palabras.

El genio estaba dando vueltas entre dos cúmulos esponjosos cuando Fred comenzó a hablar. "Escucha. Tengo otro deseo. Quiero que pongas un millón de dólares en mi cuenta de banco y lo dejes ahí durante un mes. ¿Es lo suficientemente claro para ti?

"Creo que es. Pero déjame parafrasear lo que dijiste. Quieres que coloque un millón de dólares en tu cuenta de banco y que permanezca allí durante un mes ".

"Lo tienes, genio".

"No, Fred. Tú lo tienes."

Fred presionó el botón para volver a marcar al banco en su teléfono celular.

"Servicio al cliente, ¿puedo ayudarlo?"

"Me gustaría saber el saldo actual de mi cuenta de débito".

"Es un millón catorce dólares con ochenta y tres centavos, señor". "Excelente. Voy al banco hoy para retirar una parte de ese dinero. ¿Tendré algún problema para hacer esto?"

"Me temo que lo tendrá, señor. Hay un gravamen en su cuenta. Mis registros muestran que el millón de dólares que se depositó contenía billetes falsos. El gobierno federal y nuestros contables están actualmente investigando el asunto".

Fred tiró su teléfono al suelo y miró hacia el firmamento.

"Estoy perplejo, genio. Yo se que tu sabes lo que quiero, pero sigues impidiéndome conseguir cosas. Estás siendo cruel y sádico. Te salvé de un crucero en botella para siempre. Deberías estar agradecido".

El genio miró a Fred y respondió: "Estaba agradecido contigo por darme mi libertad y quería devolverle el favor. Pero insististe en que te concediera múltiples deseos a pesar de que te dije que hacerlo consumiría el poder de los genios para ayudar a otros en el mundo. También te portaste groseramente. Dijiste que era un charlatán, me acusaste de no cumplir una promesa y me llamaste vapor maquiavélico. Debido a que no estoy hecho de materia sólida, mis huesos no pueden romperse, pero mis sentimientos pueden herirse. Probablemente asumiste que no podrían".

El genio le había dado una salida y Fred la tomó. "Estás absolutamente en lo correcto. Pensé que porque tu cuerpo es efímero, tus emociones también lo serían. Eso fue una estupidez de mi parte y me disculpo por ello. También me avergüenza la forma en que te hablé. No debería haber usado un lenguaje tan insultante. Por favor perdóname."

"Lo haré, Fred."

"Gracias, genio. Me gustaría mucho empezar de nuevo. Si te hablo de manera respetuosa, ¿puedo hacer algunas otras solicitudes?"

"Dije que accedería a tus deseos y no romperé esa promesa. Pero lo que me pides es inmoral. Darte más deseos evita que otras personas obtengan sus deseos. Déjame hacerte una contraoferta. Te he mostrado que no importa cómo expreses tus solicitudes, hay formas en que puedo interpretar esas solicitudes de manera diferente a como las quieres decir porque las palabras no pueden describir todo completamente. Como dice la teoría de la semántica general, siempre hay un etcétera. Esto es lo que sugiero, libérame de mi promesa original de darte muchos deseos. En cambio, permíteme concederte una cosa que realmente deseas".

Fred revisó la propuesta del genio en su mente, sabía que debía estar de acuerdo con la oferta, sin duda, conseguir un deseo era mucho mejor que no conseguir ninguno.

"Bueno, genio, hay algo que siempre he querido. Desde que era niño he tenido un anhelo. . . "

Antes de que pudiera completar sus comentarios, se levantó un fuerte viento que derribó a Fred. Al levantarse, vio un tornado en el horizonte con un gran embudo negro. Se dirigía directamente hacia él.

"¡Oh, Dios mío, espero que no me maten aquí!" Fred gritó. "Ojalá estuviera sano y salvo en casa".

¡Zaz! ¡Bum! ¡Zaz!

Fred se despertó sobresaltado. Estaba en pijama, acostado en su sofá. La televisión estaba encendida. Era pasada la medianoche. Su gato maullaba para que se fuera a la cama. Cuando Fred se levantó del sofá para apagar la televisión, notó, a través de la ventana de la sala, lo que parecía ser una nube que se movía rápidamente a la distancia. Aunque no podía estar seguro, parecía sonreírle y hacer bucles en el cielo de verano iluminado por la luna.

UP

Flo Wright y la feliz enana

Flo Wright era una doncella militante que creía que todo lo que quisiera debería conseguirlo. Flo no se negaba a trabajar duro por lo que deseaba, pero sentía que si se esforzaba por hacer que algo sucediera, entonces debería suceder. Cuando las cosas no salieron como ella quería, Flo se volvió loca. Sus dolores de cabeza aumentaban, su presión arterial, le provocaron migrañas y provocaron que otras personas la evitaran. Esto Llevo a Flo a perder su trabajo, a su novio y su membresía en la Sociedad para la Paz Mundial. Incluso a su gato, Fluffy, ya que, no pudo soportar la ira sin sentido de Flo. Fluffy finalmente se escapó cuando Flo se asustó y quemó la casa porque un artículo que envió sobre cómo encontrar la serenidad fue rechazado por los editores de *Reader's Digest*.

El padre Flanagan, el supervisor del refugio para personas sin hogar en el que terminó Flo, trató de ayudar a la pobre niña a controlar su temperamento usando la faceta religiosa: "Flo, querida, la ira es uno de los siete pecados capitales. Intenta luchar contra eso ".

Por desgracia, por más que quisiera, los intentos de Flo de sofocar a la bestia salvaje que rabiaba dentro de ella fracasaron. Fue expulsada del refugio después de golpear a una monja con una sartén por no advertir a Flo que la sopa que se estaba sirviendo para la cena estaba muy caliente. Flo se mudó a una parcela de césped de dos por dos metros junto al puente de Brooklyn.

Una mañana, desde su caja de cartón junto al río, Flo notó a siete hombrecitos bañándose en el agua. Cuando terminaron de lavarse, los munchkins pasaron lentamente junto a ella. Ella se dirigió al que parecía más contento.

"Espero que sepan que el agua de aquí no es la más limpia para báñarse ".

"Nos dimos un chapuzón rápido", respondió el liliputiense. "Gracias por el Consejo."

"¿De donde son chicos? Todos lucen vagamente familiares, pero no puedo ubicar sus caras ".

"Oh, probablemente nos hayas visto en las películas o en la televisión. Fuímos

los siete enanitos de la historia de Blancanieves ".

"¿Qué están haciendo en la Gran Manzana?" Dijo Flo.

"Disney ha lanzado un nuevo DVD de *Blancanieves*. Estamos aquí para promoverlo", respondió el chico diminuto.

"Eso es genial. ¿Qué enano eres? ¿Doc? ¿Dormilón? ¿Tontín?" "Soy gruñón. Encantado de conocerte."

"Pero Grumpy es el enano enojado. No me ves enojado". "No estoy enojado", replicó el diminuto, "en realidad estoy bastante feliz. Sin embargo, no siempre fui feliz. Durante la mayor parte de mi vida fui tan malhumorado como el personaje que interpreto en la película ".

"¿Entonces qué pasó? ¿Cómo te volviste feliz? " Preguntó Flo.

"Siempre había exigido que las cosas salieran a mi manera, pero en una charla a la que asistí en la Sociedad de Semántica General en Nueva York, aprendí que la incertidumbre es la norma en la vida. El orador habló específicamente sobre el *Principio General de Incertidumbre*".

"¿Cuál es el principio general de incertidumbre?"

"El PGI, es una generalización del principio de incertidumbre más restringido de la física, establece que debido a que nuestro sistema nervioso y todos los eventos de nuestra vida son únicos, las declaraciones que describen situaciones solo pueden hacerse en términos de probabilidad. Por ejemplo, "Hay un ochenta y cinco por ciento de probabilidad de que ocurra x" o "Estoy razonablemente seguro de que ocurrirá y". El hecho es que hay muy pocas cosas que sean absolutamente seguras en la vida. La mayoría de las cosas son relativas. Para mantenerse en equilibrio, es una buena idea aprender a vivir con las 'relativas' ".

"Me gusta esa idea", dijo Flo. "Mi filosofía siempre ha sido que las cosas deben suceder como yo quiero. Supongo que tiene más sentido pensar que solo existe la posibilidad de que ocurra algo. Entonces, si no sucede, no debes enojarte demasiado ".

"¡Exactamente!" respondió el pequeño hombre. "Debo decirte que, el pensamiento de la probabilidad me ha ayudado a convertirme en un hombrecillo alegre ".

"Nunca lo sabrías por el personaje que interpretaste en *Blancanieves y los siete enanos*".

"Por supuesto que no lo sabrías de esa película. Mi personaje supone que estoy de mal humor, así que fingí alegremente esa emoción. No soy tonto. Ese es el trabajo de Tontín".

"Creo que voy a darle un giro al pensamiento de la probabilidad", dijo Flo. "Tengo muy poco que perder si no funciona y si puedo controlar mi ira, mucho que ganar".

"Así es, niña", respondió el homúnculo. Y hazme un favor. Si le dices a la gente que me has conocido, no digas que soy un campista feliz. No puedo permitirme estropear mi imagen. Los personajes de dibujos animados, a diferencia de los seres humanos, están encasillados desde el principio. El público nunca aceptaría a un gruñón feliz".

"No hay problema", respondió la mujer sin hogar. "Pero definitivamente voy a intentar estropear mi imagen. Con el pensamiento de la probabilidad, trataré de ser una mujer muy feliz.

ROYAL DISGUISES
RABBLEWEAR
UNDERCOVERWEAR

Una revelación royal

El rey Cruel, un monarca con un apodo que no sugiere dulzura, desconfiaba de sus súbditos. Pensaba que eran un grupo de impertinentes que necesitaban ser puestos en forma constantemente. Y Cruel se enorgullecía de castigarlos a través de, críticas abrasadoras y humillaciones fulminantes. Su hostilidad y censura produjeron siervos hoscos y bajos niveles de popularidad.

"La población no me aprecia", le dijo el rey a Seymour, el encuestador de opinión real. "Sé que a menudo actúo con dureza con mis subordinados, pero es por su propio bien y el del reino. Son un grupo de patanes perezosos y tontos, y nada se haría en el imperio si no fuera por mis continuas provocaciones".

"Su Alteza", respondió Seymour, "¿está familiarizado con la noción de *destino lógico*?"

El rey no estaba familiarizado con ese concepto y le pidió a Seymour que le diera una pista al respecto.

"El destino lógico, una idea popularizada por Alfred Korzybski, el fundador de la teoría de la semántica general, tiene que ver con la idea de que las consecuencias siguen a las suposiciones. Dado que asume que es el líder de una manada de vasallos indolentes e inútiles que deben ser empujados y castigados en cada oportunidad, los trata con desdén. Pero sus suposiciones pueden estar equivocadas. ¿Ha considerado eso alguna vez?

"No, no lo he hecho, Sy. Mi padre me imbuyó con el pensamiento de que los seres humanos no quieren trabajar y para conseguir que lo hagan hay que trabajar duro. He seguido esa filosofía con diligencia ".

"Bueno, señor, tal vez sea hora de que compruebe las cosas por si mismo.

¿Está preparado para un pequeño experimento?

Al rey le gustaban los experimentos. Una de sus formas favoritas de relajarse era mezclar productos químicos en el laboratorio real.

"Seguro. ¿Qué tienes en mente?"

"Para tener una mejor idea de lo que mueve a la gente, le sugiero que se quite las túnicas reales, se ponga algo de ropa de calle y se mezcle con las masas durante un par de meses".

"Es una gran idea, Sy. El trabajo encubierto siempre me ha intrigado. Empezaré hoy". Acto seguido, el rey se fue a almorzar, se despojó de su túnica real por unos vaqueros y una camiseta, y abandonó el palacio para emprender una aventura real.

Mientras deambulaba por el reino, Cruel observó que muchos de sus empleados reales estaban mintiendo acerca de sus impuestos y no dedicaban un día completo de trabajo por el pago de un día completo. Cuando preguntó a los sirvientes por qué actuaban de esa manera, le respondieron que se debía a la mezquindad y falta de sensibilidad del rey cuando les hablaba. "No nos importaría trabajar duro y pagar lo que el estado exige en impuestos", le dijeron algunos de los gusanos, "pero el rey se pone a insultarnos, así que lo descartamos de inmediato".

Cuando terminó su investigación, Cruel regresó al palacio. Se sintió confuso y triste: *necesito un plan más eficaz para gobernar a la chusma. Creo que enviaré a buscar a Seymour.*

Cuando Seymour llegó a las cámaras reales, el rey dijo: "Sy, me he dado cuenta de que mis suposiciones sobre las relaciones humanas no han sido buenas. Han costado muchos ingresos a las arcas reales y han contribuido al pésimo PIB del reino. Necesito modificar mis suposiciones y formas de comunicarme con los habitantes de mi reino".

Seymour respondió: "Algunas de las mejores hipótesis sobre cómo mejorar las relaciones humanas han sido ofrecidas por Dale Carnegie, autor de *Cómo ganar amigos e influir en las personas*. Millones de personas han utilizado sus sugerencias sobre cómo llevarse bien con los demás con un efecto positivo. Estas son algunas de sus recomendaciones: Si te gusta algo que alguien hace, dile. Para motivar a las personas a trabajar contigo, interésate realmente en sus deseos. Si tú tienes la razón y la otra persona está equivocada, no la humilles públicamente por el error, deja que la otra persona guarde las apariencias".

El rey agradeció a Seymour por su consejo y reemplazó sus viejas ideas sobre cómo tratar a la gente con las de Dale Carnegie. Como resultado, se llevaba mucho mejor con los plebeyos. Trabajaron más duro y pagaron la parte justa de impuestos. La popularidad del rey se disparó. Se difundió una petición solicitando que el rey cambiara su nombre de Rey Cruel a Rey Amable. Debido a que la aliteración era la misma, y debido a que los reyes obtienen lo que los reyes quieren, el Departamento Real de Cambios de Nombre aprobó el cambio.

El rey Amable se convirtió en uno de los gobernantes más preocupado por sus súbditos y respetados en la historia de la monarquía. No era raro que sus súbditos esperaran en línea frente al palacio durante horas solo para recibir un apretón de manos real o una palmada real por hacer un buen trabajo. Cuando murió el rey Amable, se erigieron estatuas con su imagen en todo el reino y se proclamó una fiesta nacional en su honor. Todo esto porque el hombre fue lo suficientemente sabio como para considerar la teoría del destino lógico y deshacerse de las conjeturas pobres por otras mejores.

H = ME + MM
JENKINS
Footnote:
H = Happiness
ME = Minimal Expectations
MM = Maximal Motivation

No te preocupes, sé feliz

En una tierra donde el cinco por ciento de la población mundial consume una cuarta parte del petróleo del mundo, vivía un ejecutivo de negocios llamado Bob que no tenía paciencia para las cosas que no se podían hacer rápida y fácilmente. Y no fue el único estadounidense que se sintió así. Muchos sociólogos dicen que el aumento de la visualización de la televisión, con sus imágenes y sonidos que cambian rápidamente, y la proliferación de dispositivos modernos que permiten ahorrar tiempo y hacen que las tareas sean más fáciles de completar, ha llevado al aumento de la baja tolerancia a la frustración en los Estados Unidos.

Una mañana, cuando Bob estaba en casa desayunando avena instantánea, café instantáneo y una barra de desayuno instantáneo, recibió un mensaje instantáneo de su jefe, Mel Moneygrubber. "Ha surgido un asunto urgente. Necesito verte de inmediato ". Bob saltó a su SUV de siete litros por kilómetro y se dirigió al trabajo.

Moneygrubber caminaba nerviosamente cuando Bob entró en su oficina. "Bob, el último informe trimestral muestra que nuestra empresa no obtuvo las ganancias que les prometí a nuestros accionistas. ¿Qué pasa?"

Bob, que era el contralor de la Corporación Petrolera Moneygrubber, respondió: "El trimestre pasado se desvió una importante suma de dinero para investigación y desarrollo. Es por eso que las ganancias son menores, señor ".

"Me importa un comino la investigación y el desarrollo", dijo Moneygrubber. "Quiero ganancias ahora. ¿Quién autorizó invertir dinero en I + D? "

"No lo sé, jefe, pero lo investigaré *tout suite*".

"Hazlo. Avísame cuando descubras algo. Y deja de usar expresiones francesas. Apenas puedo entenderte cuando me hablas en inglés".

Bob volvió a su oficina. "Srita. Robins ", le dijo Bob a su secretaria," llame a I + D y dígales que quiero ver al Sr. Jenkins de inmediato".

Jenkins, el jefe del departamento de I + D de la empresa, llegó de inmediato. "¿Qué puedo hacer por ti, Bob?"

"El Sr. Moneygrubber está furioso por no alcanzar las metas de ganancias del último trimestre. ¿Le pediste al departamento de finanzas que transfiriera dinero de la cuenta de intereses de fondos ilícitos de la empresa a tu departamento?

De hecho, lo hice, Bob. Y lo aprobaron ".

"¿Estás loco? tú conoces la filosofía aquí: las ganancias hoy, mañana se cuidarán por sí mismos. No desperdiciamos dinero extra en investigación y desarrollo".

"Soy un jugador de equipo, Bob, y aunque creo que la política de nuestra empresa de no invertir mucho en I + D es sabia con los centavos y tonta con los pesos, siempre la he aceptado. Pero he estado pensando que el petróleo es un recurso finito que eventualmente se agotará, por lo que tiene sentido hacer investigación y desarrollo ahora para encontrar fuentes de energía alternativas antes de que eso suceda".

"Jenkins, al público no le importa que se acabe el petróleo. Si lo hicieran, la gente estaría usando más el transporte público, apagando los acondicionadores de aire al salir de la habitación y bebiendo agua de vasos de papel en lugar de usar botellas de plástico. Nuestros accionistas quieren ganar dinero en continuamente; están felices de dejar que sus hijos y nietos se preocupen por los combustibles alternativos".

"¿Por qué las generaciones futuras deberían cargar con ese problema, Bob? Deberíamos estar buscando fuentes de energía alternativas hoy, mientras tengamos un colchón de energía. Y hay otra cosa a considerar. Cuanto más rápido encontremos un sustituto del petróleo, más rápido podremos salir de las zonas del mundo plagadas de terrorismo".

"El terrorismo no molesta tanto a la gente como no tener cosas cuando los quieran, Jenkins. Vivimos en una época de gratificación inmediata. La gente quiere sentirse bien en el momento. Es por eso que la gente ve televisión, come en McDonald's y paga a otros para que los esperen en línea en Disney World. Los estadounidenses quieren felicidad sin demora, lo antes posible, pronto".

"Bueno, Alfred Korzybski, el fundador de la semántica general, tenía una fórmula diferente para la felicidad. Decía que la mejor manera de alcanzar esa condición era mediante el establecimiento de metas realistas y el trabajo arduo.

Así es como la gente ha progresado a lo largo de los siglos. El establecer metas creíbles y trabajar duro para lograrlas lleva a las personas a vivir vidas más satisfactorias y a estar mejor a largo plazo".

"Cuando se trata de largo plazo, Jenkins, me suscribo a la filosofía de John Maynard Keynes, quien dijo, 'a largo plazo, todos estaremos muertos'. Espero que este tipo, Korzybski, pueda encontrar una manera para que usted y su familia sobrevivan con el seguro de desempleo porque si sigues buscando combustibles alternativos te quedarás sin trabajo".

"No te preocupes por mí, Bob. Estaré bien. Si Moneygrubber me despide, me uniré a algunos profesores de la universidad que conozco y trabajaré con ellos en el desarrollo de nuevas fuentes de energía. Incluso si sigo adelante, tengo la intención de dedicarme a esas aventuras en mi tiempo libre, porque eso me hará feliz y puedo tener buenos resultados para la humanidad. Por cierto, hay mucho qué hacer para desarrollar combustibles alternativos".

Eres un idealista, Jenkins, pero me parece que tiene cierto sentido lo que has estado diciendo. Entonces, para mover esta historia en la dirección que el autor quisiera que fuera, y porque me gusta ganar dinero, voy a cubrir mis apuestas y les daré algo de dinero para sus proyectos de investigación de energías alternativas. ¿Cómo suenan doscientos mil pesos?

"Me suena bien, Bob. Esa inversión te pagará a ti y a su progenie grandes dividendos. Si resulta que el petróleo está contribuyendo al calentamiento global, es posible que incluso esté ayudando a salvar el planeta. ¿Qué tal si vamos a almorzar en el centro y celebramos tu sabia decisión de invertir en el futuro? Yo manejaré."

"Gracias por la oferta, Jenkins, pero prefiero comer en el restaurante de enfrente. La comida es bastante buena pero, lo que es más importante, ¿por qué? gastar dinero en la quema de gas. Además, hasta que usted o alguien más encuentre una alternativa práctica al petróleo, conservar una fuente de energía no renovable puede no ser algo malo. Y me vendría bien el ejercicio. ¿Qué tal cuando terminamos el almuerzo damos la vuelta a la cuadra un par de veces? "

"Ya estoy caminando contigo, Bob, siguiendo la teoría de la semántica general del trabajo duro y la perseverancia para crear un mundo mejor para las personas que están vivas hoy y para las generaciones venideras".

Charlie y el hada de la realidad

Charlie Chinwagger, como tantos otros que habitan la tercera roca desde el sol, era un individuo que basaba sus pensamientos en fantasías; en lenguaje de la semántica general se *orientaba intencionalmente*. Este tipo de personas tiende a ver el mundo a través de sus definiciones verbales abstractas. Creen en afirmaciones sin sentido: "Prueba la pasta de dientes Britesmile. ¡Nuevo! Con dinaclorosilo". Incluso, en el caso de Charlie, utilizaba galimatías en el trabajo: "Los procedimientos de colocación y articulación de los alumnos deben amalgamar y agregar una cantidad diversa y variada de datos y datos para producir información relevante". Y practicaba magia verbal: "Si creo que una película es genial, es genial". La excesiva dependencia de Charlie de las palabras para derivar el significado lo hizo ajeno a la realidad.

Entonces la realidad lo mordió. Para ser más precisos, el perro de su vecino, llamado Amistoso, de quien Charlie siempre había creído que era un canino amable por su nombre, le arrancó un trozo a la pierna de Chuck. Cuando Charlie se quejó con el dueño de Amistoso sobre el incidente, el tipo respondió: "¿Por qué trataste de acariciar a Amistoso cuando estaba corriendo por mi jardín? ¿No significa algo para ti el hecho de que le haya puesto un bozal cuando salimos a pasear? Y has visto al cartero desenfundar su repelente para perros cuando entrega el correo en mi casa".

Cuando Charlie fue a la oficina a la mañana siguiente, la realidad volvió a asomar su fea cabeza. Su jefe, Ken Candid, le dijo que Sal Suckupski iba a ser nombrado jefe del departamento de evaluación educativa. Charlie había pensado que ese puesto iba a ser suyo.

"Ken, me enseñaron que aquellos que trabajan duro y siguen las reglas avanzan en sus carreras. Hice esas cosas, pero Suckupski, que no lo hizo, está siendo ascendido. Hay algo mal en eso".

"Charlie, voy a ser sincero contigo", respondió Candid. "El camino hacia el avance por aquí es a través de la política de la oficina. Suckupski es un maestro en esa área. Si quieres salir adelante en esta organización, será mejor que revises tus ideas sobre cómo se asciende en la burocracia y tengas en cuenta lo que está sucediendo en el lugar donde realmente estás trabajando".

Cuando Charlie llegó a casa esa noche, le dijo a su esposa que no había sido ascendido, y la realidad lo mordió una vez más.

"Charlie, estoy teniendo una aventura con Tom, el tipo que vive en el apartamento al otro lado del pasillo. Te estoy dejando."

Charlie se sorprendió por la declaración de su esposa. Luego, después de destrozar todos los platos en la cocina, volcar un sillón reclinable La-Z-Boy y un sofá de gran tamaño en la sala de estar, y gritar tan fuerte que llamaron a la policía para que vinieran a su casa, se compuso y dijo: " Castidad, no creo que esto esté pasando. ¿Cuánto tiempo llevas teniendo esta aventura?"

"Por poco más de un año", respondió su esposa. "Pensé que lo sabías. Supuse que juntaría dos y dos cuando descubriste la ropa interior de Tom debajo de nuestra cama. De hecho, pensé que sabías de nuestras citas incluso antes. Por ejemplo, cuando nos encontraste a Tom y a mí tomando unas copas en el bar Cuckold hace tres meses o cuando encontraste la carta de amor de Tom en la mesa de la cocina justo después de eso".

Charlie contó en silencio hasta cien antes de responder. Luego dijo: "La carta de Tom me hizo creer que le agradabas a Tom, pero no pensé que estuvieras teniendo una aventura. Y pensé que estabas tomando unas copas con Tom para reforzar su confianza de hablar con las mujeres. Me dijiste que es tímido y tiene problemas para conseguir citas. En cuanto a la ropa interior de Tom, asumí que había dejado sus calzoncillos en una secadora en el cuarto de lavado y cuando estabas lavando nuestra ropa simplemente se mezcló".

"Charlie, ¿sabes lo que significa la palabra 'despistado'?"

"Sí, lo hago, y creo que eso es lo que soy".

Cuando se levantó a la mañana siguiente y fue al baño a afeitarse, Charlie se sorprendió al encontrar un pequeño ser imaginario con poderes mágicos y una forma humana sentado frente a él encima del botiquín.

"¿Quién eres tú?" Preguntó Charlie.

"Mi nombre es Clinker Bell. Soy un hada de la realidad. Puedes llamarme Clink".

"¿Qué es un hada de la realidad?"

"Un hada de la realidad intenta ayudar a los humanos que están fuera de ella, a regresar. Para ser más precisos, un hada de la realidad brinda a las personas consejos e ideas útiles sobre cómo resolver problemas cotidianos".

"¡Guau!" Charlie exclamó: "No puedo creer que estoy hablando con un hada. Toda esta situación parece irreal".

"Sería si esto fuera un tratado académico o una obra de literatura no novelesca", respondió el duende, "pero como se trata de un cuento de hadas, la situación en la que te encuentras es perfectamente plausible".

"Entonces, Clink, ¿cómo supiste que necesitaba ayuda?"

"El país de las Hadas monitorea el comportamiento y la cognición humanos. Cuando un individuo alcanza un nivel peligroso de irrealidad, se envía una llamada a un hada de la realidad para que le brinde ayuda. Alcanzaste tu nivel cuando te negaron ese ascenso en el trabajo".

"Caray, nunca había oído hablar de las hadas de la realidad, pero entonces yo nunca supe que Disney World ee realmente más grande que diecisiete países diferentes. De acuerdo, Clink, ¿de qué manera me puedes ayudar?

"Puedo proporcionarte pautas para lo que se conoce en semántica general como *pensamiento extensional*", respondió el duende.

"¿Qué es el pensamiento extensional?"

"Es una actitud hacia la vida que implica orientarse principalmente en los hechos".

"Me gustaría orientarme de esa manera", dijo Charlie. "Adelante, dame lo que tengas".

"Me encantara. Regla número uno: Compara el mapa, tus experiencias, imágenes y palabras, frente al territorio, las experiencias, imágenes y palabras que representa. Por ejemplo, un perro llamado Amistoso no es necesariamente un perro amistoso ".

"Eso es cierto", respondió Charlie. "Y una esposa llamada Castidad no es necesariamente una mujer virtuosa".

"Regla número dos: Usa el método científico (observar, probar, evaluar) para resolver problemas cotidianos. Si lo hubieras hecho con respecto a tus esfuerzos por avanzar en tu carrera, Suckupski no te habría echado a un lado".

"Cierto de nuevo", dijo Charlie. "Me habría dado cuenta de lo que estaba pasando en la oficina y habría utilizado diferentes estrategias para salir adelante".

"Regla número tres: para hacer evaluaciones precisas de situaciones y para evitar sacar conclusiones erróneas sobre ellas, aprende a distinguir hechos de inferencias. Las declaraciones fácticas se hacen después de la observación o de la experiencia, se limitan a lo que uno observa o experimenta y representan un alto grado de probabilidad. Si te hubieras concentrado en los hechos en relación con el comportamiento de tu esposa con Tom, es posible que te hubieras dado cuenta de lo que estaba pasando".

"Apuesto a que lo habría hecho", dijo Charlie. "Estas reglas son geniales. No puedo esperar para ponerlas en práctica. ¿Tienes algo más para mí?"

"De hecho sí, pero desafortunadamente no puedo quedarme aquí por más tiempo. Acabo de recibir un mensaje de texto urgente para ir a Washington, DC. El país de las Hadas ha determinado que el presidente y el Congreso están tan desconectados de la realidad que el país está en peligro. Si deseas obtener más información sobre el pensamiento extensional, te sugiero que te comuniques con el Instituto de Semántica General".

"¿Cómo puedo hacer eso?"

"Busca en tu computadora, en Google el Instituto. Hasta luego, Charlie. Te deseo lo mejor y, como solían decirnos en el entrenamiento, '¡Mantén los pies en la tierra!'"

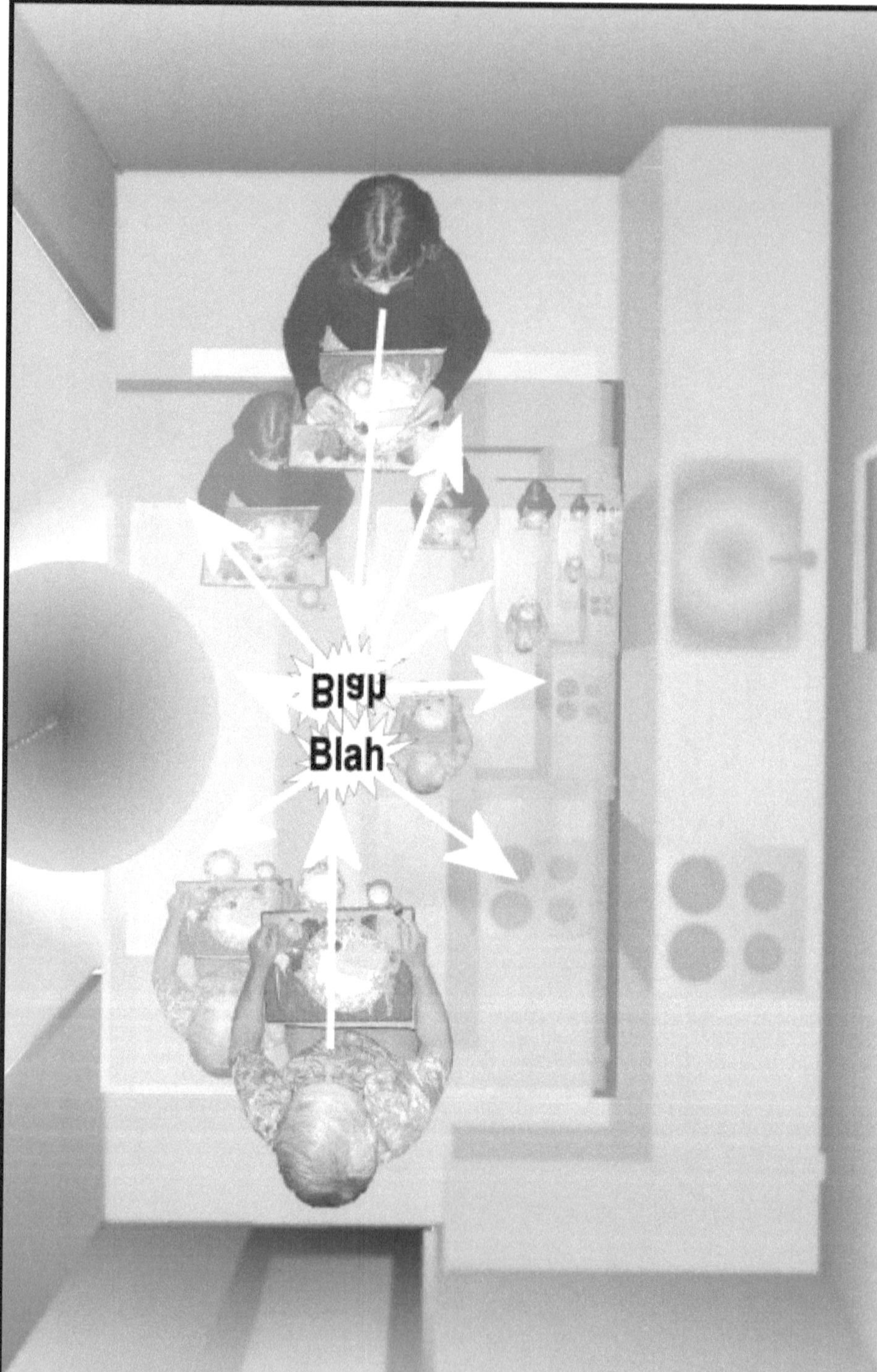
Blah
Blah

El profesor postman trae a casa el tocino

En un pueblito encantador junto a los fragantes campos de forsitias y nomeolvides, donde las flores florecen, los pajaritos cantan y las mariposas revolotean vivía una joven pareja llamada Jen y Jerry. Las dos "J", como muchas otras personas en los cuarenta y ocho estados contiguos y en Alaska y Hawai, existían en un estado de desconocimiento del idioma. Una característica crucial de las personas con esta afección es la propensión a emplear lo que el profesor de la Universidad de Nueva York y experto en semántica general, Neil Postman, denomina "charla estúpida". Tal conversación se caracteriza por tornarse confusa, a veces inapropiada o las palabras no se adaptan bien al contexto. La charla estúpida no logra o no puede lograr sus objetivos[4].

Echemos un vistazo a Jen y Jerry al comienzo de un día típico.

Son las siete de la mañana. Jen entra a la cocina. Ella se sienta y dice: "Buenos días". Su marido dice lo mismo. Luego le pone un poco de tocino y huevos delante de ella. Ella comienza a comer.

Jen: El tocino está un poco crujiente esta mañana.

Jerry: ¿Qué?

Jen: El tocino, está demasiado crujiente.

Jerry: Siempre lo hago así.

---

4 Esta historia y algunos diálogos fueron inspirados por el brillante libro de Neil Postman *Crazy Talk, Stupid Talk* (New York: Delacorte, 1976)

Jen: No de esta manera. Es demasiado crujiente. Casi quemado.

Jerry: ¿De verdad? ¿Por qué no lo haces tú mismo? Entonces, podrías tener el tocino de la forma que quieras.

Jen: ¿Por qué no consigues un trabajo en una oficina en alguna parte? Entonces tú podrías ganar un salario y tener el dinero *que deseas.*

Jerry: ¿No llamas trabajo a lo que hago? Escribir novelas es un trabajo duro.

De hecho, es un trabajo muy duro. Me enfrento a páginas en blanco todos los días y tengo que llenarlas con pensamientos originales.

Jen: ¿Qué te parece esto como pensamiento original? Ve a la escuela de cocina y aprende a hacer tocino que sea apto para que lo coman los seres humanos.

Jerry: ¿Qué tal si vas a una escuela que enseñe a la gente a estar agradecida con quienes les preparan la comida y limpian la casa?

Jen: No tengo tiempo para ir a una escuela como esa porque tengo que viajar a la ciudad para trabajar todos los días. Alguien de esta familia tiene que hacer dinero para pagar las cuentas por aquí.

Jerry: Cuando nos casamos, hicimos un trato de que yo haría las tareas del hogar y escribiría en casa y tú ejercerías la abogacía en la ciudad. Cumplo con mi parte del trato, pero si quieres renegociar nuestro acuerdo, me parece bien. Mientras tanto, espero que te atragantes con el tocino.

Quizás deberíamos salir de la cocina ahora, antes de que las ollas y sartenes sean lanzadas en este lugar.

Jen y Jerry habían tenido discusiones como la que acabo de describir durante varios años y no contribuyeron en nada a la felicidad conyugal. Una noche, después de una explosión particularmente terrible, Jen decidió que tomaría medidas contra la estúpida charla que estropeaba la feliz relación que deseaba tener con su cónyuge. Al día siguiente, telefoneó a Neil Postman, a quien había conocido cuando Postman dio una charla en una biblioteca local sobre formas de comunicarse de manera más eficaz.

Después de explicarle el alboroto del tocino a Postman, Jen dijo: "Quiero dejar de tener peleas con mi esposo que se salgan de control. ¿Me puede dar algún consejo sobre cómo hacer eso? "

"Seguro", respondió Postman. "La comunicación es complicada. Podemos creer que estamos hablando de algo simple, como que el tocino es demasiado crujiente, pero "demasiado crujiente" es una cuestión de interpretación. Cada sistema nervioso es único y experimentará la "frescura" a su manera. Además, como a los semánticos generales les gusta señalar, la gente a menudo responderá no solo al tema de nuestras observaciones, sino también a *nuestras observaciones*[5]. Puede que no les guste, por ejemplo, nuestro punto de vista o la forma de dirigirnos. Entonces, dicen algo que se refiere en parte a la esencia de lo que comentamos, como en el ejemplo que me diste, a la condición del tocino, y en parte a la manera en que interpretan nuestro mensaje.

"Cuando es nuestro turno de hablar, en lugar de centrarnos en la condición del tocino, respondemos a los ataques contra nosotros. En poco tiempo, los detalles sobre dos rebanadas de tocino quizás demasiado cocido, se han relegado a la basura, y nuestros comentarios se basan únicamente en comentarios que están lejos del tema que estábamos discutiendo originalmente ".

"Entiendo completamente lo que estás diciendo", dijo Jen. "Me enojé cuando Jerry me dijo que siempre hace tocino de la misma manera y dijo cosas estúpidas sobre querer que consiguiera un trabajo convencional, que sé que odiaría. Eso fue claramente un error".

Seguramente lo fue, Jen. La situación era de lo que se hablaba aquí y en la medida en que usted y Jerry no podían defenderse de lo que estaba sucediendo o redirigirlo, ambos estaban participando en una charla estúpida, de la que era casi seguro que ambos se arrepentirían en una fecha posterior. Casi siempre es un problema cuando un proceso semántico se ha puesto en marcha y no se sabe cómo empezó y, sobre todo, cómo detenerlo".

"Eso tiene mucho sentido para mí, profesor Postman. ¡Eres brillante! Y tengo la intención de ser brillante aplicando lo que me acabas de enseñar para evitar estar involucrada en una charla estúpida con mi esposo".

El siguiente fragmento de diálogo, que ocurrió unos días después, es evidencia de que Jen está teniendo éxito en su objetivo.

Jen: Encuentro el tocino un poco crujiente esta mañana.

Jerry: ¿Qué?

Jen: El tocino parece un poco crujiente.

Jerry: Siempre lo hago así.

Jen: Vaya, debo estar envejeciendo o algo así. Nunca me di cuenta. ¿Crees que sería posible que me hicieras un par de rebanadas un poco menos crujientes?

Jerry: Creo que podría hacer eso.

---

5   La idea de que puede haber palabras sobre palabras sobre palabras, etc. se denomina autorreflexión en el lenguaje de la semántica general.

El significado de las palabras

En una tierra hermosa por sus cielos espaciosos y sus olas de color ámbar, por la majestuosidad de sus montañas púrpura sobre las llanuras frutales, vivía una mujer trabajadora y temerosa de Dios llamada Ava. Esta estadounidense arquetípica se fue a trabajar, pagó sus impuestos y escuchó discusiones políticas en la radio, donde escuchó comentarios como: "¡Los liberales no son patriotas!" "¡Los conservadores son malos!" "¡Todos los políticos son unos sinvergüenzas!" Ava, y millones de sus conciudadanos, creían que etiquetar a las personas de esa manera fomentaba el discurso político.

Un día, Ava asistió a un mitin donde escuchó discursos de personas con diferentes antecedentes políticos. El orador "liberal" era un compañero que había servido en el ejército con gran distinción y hablaba con cariño sobre el país. Incluso, la oradora "conservadora" dirigió una gran organización benéfica y pasó sus fines de semana, como voluntaria, construyendo casas para los pobres. Ambos oradores eran titulares de cargos públicos que habían sido elogiados en numerosas editoriales y reportajes por su concientización y dedicación al servicio de las necesidades de sus electores.

Cuando regresó a casa esa noche, Ava pensó en lo que había escuchado en el mitin político. El orador liberal parecía bastante patriota y el orador conservador muy altruista. Ava concluyó que las etiquetas pueden estar no empatar con la realidad. También concluyó que dejaría de escuchar programas de radio de entrevistas políticas.

A las 9 pm. El teléfono sonó. Era el novio de Ava, Avi. Él estaba llamando para decirle que estaba terminando su relación de cinco años con ella porque estaba enamorado de otra persona. Ava se quedó estupefacta al escuchar esto porque Avi le había dicho repetidamente que estaba enamorado de ella.

Cuando Ava colgó el teléfono, sacó la foto de Avi de su billetera y la rompió en pedazos. Luego llamó al jefe de Avi, Andy, y dejó un mensaje diciendo que Avi le había dicho a Ava que estaba malversando fondos de la empresa. Luego se preparó una taza de té y reflexionó sobre la duplicidad de Avi y su uso de la palabra "amor". *Parece que diferentes personas pueden definir la misma palabra de manera diferente. También parece que Avi es una rata que habla dos veces, no sirve para nada y habla doblemente.*

A Ava le resultó difícil conciliar el sueño esa noche. Una jarra de whisky, tres Valium, dos Seconals y una taza de leche tibia no la ayudaron a encontrar un reposo pacífico. La llevaron a un lugar diferente.

"¿Dónde estoy?" Ava preguntó al espectro que apareció ante ella.

"Estás en el País de las Maravillas", respondió la aparición.

"¿Te refieres al País de las Maravillas de la historia de Alicia?"

"No, no ese País de las Maravillas. Estás en un reino cerebral que se encuentra en algún lugar entre la Conciencia y Blottoville".

"¿Como llegué aqui?"

"Las drogas y el alcohol eran el vehículo, tu imaginación era el conductor."

"¿Qué pasa en el País de las Maravillas?"

"Todo tipo de cosas, y muchas de ellas dependen de ti. Por ejemplo, ¿Qué tienes en mente ahora mismo? "

"Bueno, mi fe en el lenguaje se ha visto seriamente afectada. Yo siempre Pensé que las palabras tenían significado. Pero he descubierto en la política y el romance que no es necesariamente cierto. Me hace pensar que las palabras realmente no tienen significado ".

El fantasma soltó una carcajada, luego se recompuso y comenzó a hablar. "Estrictamente hablando, *las palabras* no significan, las *personas* significan. No preguntes, '¿Qué significa la palabra X?' Pregunta en su lugar, '¿Qué quiero decir cuando digo la palabra X?' O '¿Qué quieres decir cuando dices la palabra X?' El hecho es que las palabras no tienen un significado verdadero. La palabra de seis letras *correr*, es solo la forma verbal, pero tiene no menos de 645 significados enumerados en el Diccionario de Oxford. Las palabras significan cosas diferentes para personas diferentes. Las palabras significan cosas diferentes en momentos diferentes. Las palabras significan cosas diferentes en contextos diferentes".

Ava estaba profundamente desconcertada por los comentarios del fantasma. Siempre había pensado que se podía encontrar un significado objetivo en las palabras. Pero este demonio necrófago estaba demoliendo esa proposición. Se preguntó qué más diría este experto en idiomas. No tuvo que esperar mucho para averiguarlo.

"¿Cuál es la diferencia entre un 'luchador por la libertad' y un 'terrorista'? Cuando los guardias de la prisión golpean a los presos y les vierten agua fría, ¿los detenidos están siendo objeto de 'abuso' o 'tortura'? ¿Grupos de vigilancia "o son" grupos de presión? "No busque en el diccionario las respuestas a estas preguntas. Sus respuestas dependen de cómo las personas interpreten a las personas y las situaciones".

"Sabes mucho sobre el lenguaje", le dijo Ava al fantasma. "¿Eres profesor de español?"

"No", respondió el espectro. "Soy un estudiante de semántica general, una disciplina que me ayuda a pensar en el lenguaje de manera práctica y relevante. Por ejemplo, solía imaginar que etiquetar a la gente era una forma inteligente de pensar en política. Pero aprendí a través de la semántica general que hacer esto no proporciona sabiduría en asuntos políticos. En cambio, conduce a un *endurecimiento* de las categorías, una enfermedad que es desenfrenada hoy en Estados Unidos".

"¿Se puede curar esa condición?" Ava preguntó al fantasma.

"Se puede superar mediante un análisis racional de los problemas y un escrutinio cuidadoso de las palabras que usamos para clasificar e identificar personas y eventos. Las categorías que ideamos no están "ahí fuera", en el "mundo real". Se crean en nuestra cabeza y se expresan con el lenguaje. La forma en que etiquetamos o categorizamos a una persona depende de nuestros propósitos, nuestras proyecciones y nuestras evaluaciones".

"Esa es una visión muy sensata", le dijo Ava a su imaginario conocido. "Espero tener un recuerdo de ello cuando deje el País de las Maravillas".

"Estoy seguro de que lo harás", respondió el resucitado. "Escuchaste la información contenida en mi filosofía lingüística hace dos semanas, la noche en que Avi te llevó a una charla sobre el significado del significado que fue patrocinada por la Sociedad de Semántica General de Nueva York. No prestaste mucha atención al hablante esa noche, pero mucho de lo que estaba diciendo llegó a tu mente subconsciente. En realidad, son sus palabras las que han estado saliendo de mi boca".

Ava se dio la vuelta en su cama, empezó a murmurar y empezó a agitarse. Este era un comportamiento que normalmente mostraba cuando estaba a punto de despertar de un sueño.

"Uh oh, parece que estás ganando conciencia, así que será mejor que me vaya. Pero antes de irme, quiero decir que realmente disfruté charlar contigo. Y por lo que valga, me alegro que te hayas deshecho de Avi. Siempre pensé que era un impostor y un canalla para nada bueno ".

Todo ese jazz

Megan Miller se crió en una familia nuclear de mucha energía. Lamentablemente, gran parte de esa energía se centró en encontrar fallas en ella. A Megan le decían constantemente que no era muy inteligente, que no era muy bonita, que carecía de personalidad y que nunca llegaría a ser mucho.

Después de dejar la escuela secundaria, Megan tomó un trabajo como paseadora de perros. El dinero que ganó con esa vocación fue para comprar drogas para ella y para Hulk Harmon, su novio que abusaba de ella verbal y físicamente. Ignoró su apariencia, comió demasiado y se sintió tan mal como parecía.

Megan trató de encontrar consuelo confiando en sus amigos. Eso no funcionó muy bien. Cuando Megan le dijo a su mejor amiga, Penny, que se sentía miserable y deprimida porque sus padres le decían que era tonta, perezosa y mala, Penny respondió: "No estés triste. Puede que seas tonta y vaga, pero no creo que seas mala. Toma una bebida. Te animará".

A Megan le gustaba beber, pero el alcohol solo le proporcionaba un alivio del dolor a corto plazo y estaba interfiriendo con su trabajo y su vida social. Algunos de los clientes de Megan habían rescindido sus contratos con ella porque a veces aparecía borracha para pasear a sus perros. Y Hulk, que era abstemio, le exigía a Megan que se abstuviera del alcohol y se apegara a las drogas. Su vida era un desastre.

Megan estaba a punto de pedir su quinto trago a Brad el cantinero en la taberna El Final de la Horca cuando un tipo bajo, con vasos con montura de cuerno y un bigote delgado como un lápiz, sentado a su lado, comenzó a hablar.

"Estoy en la ciudad por unos días y quiero escuchar buena música. ¿Sabes si hay clubes de jazz decentes en esta ciudad?

"Conozco algunos clubes de jazz excelentes", respondió Megan. "En realidad, soy una gran fanática del jazz. Cuando no bebo ni me drogo, me encanta escuchar jazz. ¿Por qué no lo acompaño a un club de jazz esta noche?

"Eso sería genial", respondió el hombre. "Estaría feliz de recogerte en mi auto. ¿A que hora nos vemos?"

"Puede pasar por mi apartamento a las 8 p.m."

"Estaré allí. Hasta entonces, te sugiero que limites tu bebida a Shirley Temples. Si lo deseas, te compraré cosas más fuertes en el club esta noche".

"Perfecto. Por cierto, señor, ¿cuál es su nombre?

"S. I. Hayakawa".

Cuando Megan y Hayakawa llegaron a *La Casa del Jazz* Megan fue al bar y pidió una ginebra y tónica.

"¿Por qué bebes tanto, Megan?"

"Tengo poca educación, paseo perros medio tiempo con un novio drogadicto y no tengo futuro. Mis padres dijeron que nunca llegaría a ser nada y tenían razón. No veo ninguna razón para permanecer sobria".

"Eso me parece mucho jazz", dijo Hayakawa, "y no me refiero al tipo que estamos escuchando ahora".

"No se puede discutir con la verdad. Soy una fracasada y siempre seré un fracaso".

"Megan, pensar que uno mismo es un 'fracaso' es una inferencia que puede afectar negativamente nuestra capacidad para aprender y desempeñarse bien. Si crees que eres una fracasada, comenzarás a actuar de esa manera y, por lo tanto, crearás una condición conocida como 'profecía autocumplida'. Si crees firmemente en las etiquetas que te das a ti mismo, es posible que también te comportes de maneras que creen 'otros'. - cumpliendo profecías 'y que la gente actúe contigo como si las etiquetas que te has dado a ti misma fueran verdaderas".

"Vaya, eso es intenso", dijo Megan. "¿Es usted psicólogo?"

"No. Soy un estudiante de semántica general, una disciplina que estudia cómo las personas usan las palabras y cómo las palabras usan a las personas. Puedo decirte, como practicante de la semántica general, que pocas cosas buenas pueden provenir de categorizarse a uno mismo como un 'fracaso' o usar otro tipo de etiquetado peyorativo".

"Si juzgo mi caso, tengo que estar de acuerdo con usted. Pensar que soy un fracaso no me ha ayudado a seguir adelante con mi vida y esto se ha convertido en un hábito. ¿Tiene alguna sugerencia sobre cómo puedo corregir esa situación?”

“Creo que debes concentrar tus pensamientos y energía en áreas particulares de tu vida que te están dando problemas. Soy profesor universitario y cuando los estudiantes me dicen qué son fracasados, les digo que se concentren en detalles como ‘¿Cómo puedo mejorar mis calificaciones?’ O ‘¿Qué puedo hacer para tener amigos?’ Cuando se quejan sobre el ‘hecho’ de que son ‘naturalmente’ perezosos, les digo que pongan sus despertadores y programen sus días”.

“¿Esas ideas han ayudado a sus alumnos?”

“Han ayudado a muchos. Tomar medidas sobre los problemas a menudo lleva a las personas a avanzar para poder resolverlos y puede ayudarles a ser más conscientes de que palabras como “fracaso”, “estúpido” y “vago” no son categorías objetivas que existen en el mundo. Más bien, son evaluaciones humanas subjetivas y, como tales, deben examinarse rigurosamente antes de ser aceptadas como verdaderas”.

“Ese es un pensamiento interesante, profesor Hayakawa. Desde que tengo memoria, me he considerado una fracasada. Pensé que estaba siendo objetiva en esa conclusión, pero supongo que solo estaba haciendo una autoinferencia destructiva. Lo que debí haber hecho fue concentrarme en cómo mejorar mi vida de maneras específicas”.

“Nunca es demasiado tarde para empezar a hacer eso, Megan. Puedes empezar a trabajar para mejorar tu vida ahora mismo”.

“¿Puede recomendarme algún libro que me ayude con eso?”

“Echa un vistazo a la última edición de *Language in Thought and Action*[6]. Escribí ese libro para ayudar a las personas a superar problemas mediante el uso de la semántica general, un sistema de “autoayuda” basado en la ciencia diseñado para ayudar a las personas a obtener una imagen más precisa de sí mismas y del mundo en el que viven”.

“Gracias, profesor. Conseguiré su libro. Por cierto, ¿qué opina de la música de aquí?”

“La estoy disfrutando muchísimo. Es como tú: suave pero con un toque”.

Al día siguiente, Megan fue a la biblioteca pública y le preguntó al bibliotecario si el libro de Hayakawa estaba disponible para préstamo.

“Lo es”, respondió el bibliotecario, “y creo que lo disfrutará. Leí *Language*

---

6   S.I. Hayakawa, *Language in Thought in Action: Fifth Edition*. (New York: Harvest, 1991). Originally published in 1941 as *Language in Action*.

in Thought and Action cuando estaba en la universidad durante los años ochenta".

"Eso es extraño", dijo Megan. "Estuve con el autor anoche y parecía ser un hombre bastante joven".

"Usted debe estar bromeando. S.I. Hayakawa murió hace más de veinticinco años. No hay forma de que pudiera haber estado con él anoche ".

Megan estaba asombrada por las palabras del bibliotecario. ¿Quién era el tipo con el que había salido? ¿Fue el fantasma de Hayakawa? ¿Su acompañante era un paciente mental? ¿Podría haber sido un bromista que supiera algo de semántica general? Quienquiera que fuera el tipo, le había salvado la vida y le había dado esperanza. Le había hecho ver el importante papel que juega el lenguaje en la configuración de las actitudes y decisiones de cada uno. Con este conocimiento, sería capaz de superar el condicionamiento dañino de sus padres. Ella podría trabajar para obtener un EGEL y luego un título universitario. Megan estaba entusiasmada. Por Dios, iba a dejar de beber y llegar a algo.

MEETING
8 PM

El mapa de la realidad de Alfred

Había una ciudad tan bonita que la nombraron dos veces, vivía un joven valiente llamado Tony Nobaloney que siempre estaba buscando nuevas y mejores formas de pensar las cosas.

Una cálida tarde de verano, mientras Tony caminaba por *Times Square* para comprar entradas para un espectáculo en Broadway, vio a una joven mujer que perseguía una hoja de papel rosa que el viento volaba. La mujer gritaba: "Ayuda, ayuda, necesito ese papel. Es muy importante. Si no se lo llevo a mi jefe, me despedirá". Tony le gritó: "No te preocupes, lo conseguiré". Luego corrió tras el papel y lo agarró en una alcantarilla abierta, en la que, lamentablemente, cayó.

Cuando Tony recuperó la conciencia, se encontró en un hermoso prado que tenía flores silvestres, abejas y un montón de vacas inmóviles. Cuando trató de tocar uno de los animales, su mano lo atravesó, como si no estuviera allí. "¿Como puede ser?" él murmuró. "Las vacas son objetos sólidos. Una mano simplemente no puede atravesarlas".

Una voz respondió: "Eso es lo que dice toda la gente".

"¿Quién eres tú?" Tony le preguntó a un tipo bajo y fornido que apareció a su lado.

"Soy el jardinero aquí. Mi nombre es Alfred. ¿Cuál es tu nombre?"

"Mi nombre es Tony. ¿Dónde estoy?"

"Estás en la tierra de la Realidad. Si quieres un mapa del territorio Te costará diez pesos. El dinero se utiliza para mantener a las vacas". Tony desembolsó diez pesos y, a cambio, recibió un boceto dibujado a mano que tenía una línea en forma de U que conectaba con un círculo seguido de una fila vertical de tres cuadrados y la palabra ETCETERA.

El Mapa de la realidad de Alfred

"Este es el mapa más extraño que he visto, Alfred. No lo entiendo".

"Este mapa es una guía para comprender el mundo. Permíteme comenzar con la parábola, la figura en forma de U en la parte superior del mapa.

"La parábola representa el *nivel atómico*. Ese es un nivel relacionado con átomos y partículas subatómicas que no se pueden ver a simple vista. La gente cree que está mirando objetos sólidos y fijos, pero eso no es exacto. Considera una vaca. Una vaca, como todo lo demás en el mundo, está compuesta de átomos que se mueven por todas partes. Podemos llamarlo vaca, un sustantivo, pero lo que realmente está sucediendo es 'vacando', un verbo que indica que todos los átomos y partículas de la vaca están continuamente en movimiento".

Tony encontró el relato de Alfred sobre el nivel atómico *tremendamente* fascinante y pensó que había sido enmarcado de manera bastante coherente. "Alfred, entonces, supongo que se podría llamar a una taza *tazando*, una lata *latando*, una mesa *mesando* y, si puedo usar una broma, se le podría llamar bromeando".

"Así es, Tony, pero he escuchado esa broma antes".

"¿De quien?"

"De otras personas que han venido aquí".

"¿Entonces otras personas han estado aquí además de mí?"

"Ah si. Otras personas han caído en la Realidad. Bajemos al nivel del *objeto*, un nivel donde se pueden ver las cosas. En este nivel, la gente puede mirar una vaca, una cabra, una oveja, un plato de sopa de pollo, una película de Alfred Hitchcock, un retrato de la madre de Whistler o cualquier cosa en el mundo, pero debido a que el sistema nervioso de todos es diferente, se enfocarán en diferentes características. Por ejemplo, en el caso de una vaca, una persona puede notar que la vaca no tiene cola y la otra que la vaca tiene pequeñas marcas marrones en la oreja. El hecho es que no hay dos personas que vean un objeto exactamente de la misma manera y nuestros sentidos no son lo suficientemente sensibles como para captar todo lo relacionado con un objeto".

"Dado ese último punto, Alfred creo que es *razonable* concluir que lo que sucede a nivel de objeto no es del todo objetivo".

"Eso es correcto, Tony. ¡En el nivel de la etiqueta! Pongamos una etiqueta con nombre en nuestra hipotética vaca y llamémosla "Chloe" y etiquetémosla como una novilla marrón de setecientos setenta kilos a la que le gusta abrirse camino al frente de la fila a la hora de comer y *empujar* las cercas hasta que cedan.

Toma en cuenta que el nombre no es el objeto, simplemente representa el objeto, y cuando etiquetamos algo, ya sea 'marrón', 'setecientos setenta kilos', 'una novilla' o 'agresiva', estamos dejando fuera muchos de los otras características que componen el objeto ".

Tony espantó una mosca que zumbaba alrededor de su cabeza y pensó que si tuviera que ponerle una etiqueta a esta criatura, la llamaría "maldita plaga".

"¿Procedemos al *nivel de la suposición*, Tony?"

"Ciertamente. Liderar sobre Macduff ".

"Mi nombre es Alfred, no Macduff".

"Parece que estás atascado en el nivel de la etiqueta, pero aceptaré tu corrección. Adelante, Alfred".

"En el *nivel de la suposición*, podemos hacer conjeturas sobre las vacas basadas en lo que hemos leído o visto en torno a ellas. Por ejemplo, mucha gente asume que las vacas tienen cuatro estómagos porque lo leen en alguna parte. El hecho es que las vacas tienen un estómago con cuatro cámaras. Y mucha gente asume que es el color rojo de la capa lo que hace que los toros carguen. En realidad, los bovinos son daltónicos rojo-verde. Es el movimiento de la capa lo que enfurece a los toros y los mueven a cargar, no el color. El punto de estos ejemplos es que las declaraciones hechas a nivel de la suposición deben revisarse y verificarse cuidadosamente antes de ser aceptadas como verdaderas porque se basan en conjeturas en lugar de hechos 'objetivos'".

Tony pensó que la noción de verificar y comprobar las suposiciones era una buena idea y por eso le dijo a Alfred: "Cuando vi por primera vez a las vacas aquí, asumí que eran reales. Pero deben ser hologramas de vacas, ya que puedes atravesarlas con las manos. ¿Estoy en lo cierto en eso?

"Lo estás, Tony. Utilizo estas vacas holográficas como dispositivos de enseñanza. No me cuesta casi nada mantenerlas y me gusta cómo se ven. Su único inconveniente es que no producen leche y si intentara cocinar hamburguesas con ellas, básicamente me estaría comiendo el pan".

"Esto es muy *divertido,* Alfred, pero quiero saber sobre el siguiente nivel, así que, por favor, sigamos adelante".

"No hay problema. A *nivel de juicio,* estamos llegando a comentarios más generales. Por ejemplo, podemos decir, "las vacas son animales dulces" o "Las vacas son animales perezosos" o "las vacas son lindas". Tales comentarios se basan en nuestra experiencia, conocimiento y sentimientos acerca de las vacas y estas declaraciones pueden o no tener validez para cualquier vaca en particular".

Tony reflexionó que si las vacas gobernaran el mundo, los seres humanos serían los que serían juzgados y categorizados y se preguntó qué tipo de comentarios arbitrarios harían las vacas sobre ellas; tal vez una vaca con sobrepeso se llamaría "un humano" y si una vaca sobrerreaccionara ante una situación, uno podría decir "no soy un ser humano". Esta era una idea intrigante, pero antes de que pudiera pensar más en el asunto, Alfred comenzó a hablar sobre ETCETERA en la parte inferior del mapa.

"El ETCETERA está destinado a sugerir que hay niveles adicionales a seguir, es decir, podemos seguir haciendo declaraciones cada vez más generales y de mayor alcance sobre las vacas. Podemos referirnos a las vacas como *activos agrícolas*, o simplemente *activos*, o incluso *saludables*. Con estas descripciones nos alejamos más de conocer información específica sobre Chloe, la vaca que incluimos en el nivel de la etiqueta".

Tony pensó que etiquetar a Chloe como un *activo de la granja* o un *activo* o algo *saludable* la cambió de un animal que él podía imaginar a una generalización sumamente abstracta. Su experiencia fue que la gente a menudo confundía tales generalizaciones con cosas reales y se lo dijo a Alfred, quien respondió: "La gente lo hace todo el tiempo. Por ejemplo, la gente habla de naciones como si fueran cosas reales, pero no hay una prueba objetiva para decir si alguna entidad es una 'nación', no hay un acuerdo universal sobre cómo definir una 'nación'. Otras nociones que son más vagas de lo que parecen incluye el ello, el ego y el superyó; la mente y la inteligencia".

La mosca que había estado revoloteando alrededor de la cabeza de Tony hizo otra incursión y Tony la golpeó y falló. Frustrado, pensó, ¿cómo pueden estos diminutos insectos con sus cerebros infinitesimalmente pequeños burlar a la gente tan fácilmente? Es una lástima que las moscas en Realidad no sean figuras de hologramas como las vacas.

Alfred vio que Tony estaba distraído y le preguntó si todo estaba bien.

"Estoy bien. Estaba pensando que tu mapa parece describir cómo las personas procesan la información en el mundo de donde yo vengo".

"Lo hace, amigo mío. Viví en ese mundo durante la primera mitad del siglo XX y en ese momento dibujé un mapa diferente y algo más completo sobre cómo las personas procesan la información. Llamé a ese mapa el *Diferencial Estructural*[7] y lo usé para discutir la semántica general, un sistema que desarrollé para ayudar a las personas a comprenderse mejor a sí mismas y a su entorno. Desde que dejé la tierra de los vivos y me materialicé como un personaje de cuento de hadas, paso mis días instruyendo a los que caen por la alcantarilla sobre cómo darle sentido al mundo".

"Me encantaría saber más sobre el diferencial estructural. ¿Tienes alguna sugerencia sobre cómo puedo hacer eso? "

"Noté en un volante de color rosa que encontré a tu lado cuando estabas inconsciente que la Sociedad de Semántica General de Nueva York está patrocinando una conferencia esta noche sobre ese mismo tema en la sucursal principal de la Biblioteca Pública de Nueva York. Quizás te interese saber que en

---

7   En https://en.wikipedia.org/wiki/Structural_differential

el reverso del volante había cotizaciones bursátiles escritas a lápiz con palabras que decían: "Compre estas acciones ahora, están a punto de llegar al techo".

"¿Tienes ese volante, Alfred?"

"Sí, ¿te gustaría?"

"Seguro que lo haría. Creo que le va a hacer muy feliz a una mujer que conocí

antes de venir aquí. Su jefe tenía muchas ganas de ver ese volante, probablemente por los consejos sobre acciones ".

"¿Esa mujer va a asistir a la conferencia de semántica general esta noche?"

"No lo creo, pero me gustaría ir a esa charla. Nunca pensé en el mundo físico y el lenguaje de la forma en que lo representaste. Encuentro tus ideas sobre el tema realmente interesantes. Solo necesito descubrir cómo volver a mi vida anterior para contarle a la gente esas ideas".

"Eso no debería ser un problema. Intenta hacer clic con tus tacones, pedir un deseo o llamar a un Uber para que te recoja. Si ninguna de esas cosas funciona, estoy seguro de que el autor de esta historia ideará una forma de sacarte de aquí. Sin embargo, debo irme ahora o llegaré tarde a cenar, pero puedo decirte esto: puede que no sea el mayor experto mundial en gastronomía, pero sé algo sobre la realidad, y es el único lugar para disfrutar de una comida decente".

UNANSWERABLE
QUESTIONS

Las preguntas nebulosas de Nathan

Nathan y Norman eran gemelos idénticos que se parecían tanto que la gente no podía distinguirlos. Esto fue así, hasta que empezaron a hablar.

Nathan constantemente hacía preguntas que no podían responderse, por ejemplo, "¿Por qué había nacído?" "¿Si sería exitoso?" "¿Si podría ser feliz realmente?" Sus padres, maestros y amigos intentaron responder a sus preguntas, pero como no había forma de determinar que una respuesta en particular fuera válida, sus respuestas siempre se quedaban cortas en la mente de Nathan.

Norman no hacía preguntas nebulosas. En lugar de preguntar por qué había nacido, Norman se hacía preguntas como: "¿Qué procesos biológicos habían causado su nacimiento?" En lugar de especular sobre si tendría éxito o no, Norman se concentraba en investigar áreas específicas en las que podría aplicar sus talentos. Y Norman nunca pensó en si sería realmente feliz. Pensó que la felicidad, como otros estados emocionales, era transitoria y un subproducto del interés y la actividad.

Los niños eran buenos estudiantes y ambos fueron aceptados en la Universidad Twins, una institución de educación superior dedicada a educar a estadounidenses gemelos. En UT compartieron habitación, tomaron la misma especialidad doble y salieron con hermanas gemelas idénticas. Eran dos guisantes indistinguibles en una vaina, excepto por una cosa: las preguntas que hacían.

¿Por qué nací? ¿Seré un éxito? ¿Puedo ser realmente feliz? Nathan permanecía despierto por la noche pensando en estas preguntas. También pensaba en ellas durante el día. Aunque sus profesores hicieron todo lo posible por responder a sus preguntas, sus respuestas eran ambiguas, lo que dejó a Nathan extremadamente insatisfecho.

Norman no estaba agobiado por preguntas sin respuesta. Estaba demasiado ocupado investigando cosas como "¿Qué puedo hacer con un título en artes liberales después de la universidad?" "¿Cómo puedo mejorar mi desempeño en el equipo de lacrosse?" y "¿Hay algún lugar fuera del campus donde pueda comprar bagels con salmón ahumado y queso crema?"

Cuando se graduaron, los muchachos se fueron a las Ciudades Gemelas en busca de trabajo y relaciones personales. Nathan tuvo dificultades para encontrar empleo y gente con quien pasar el rato porque estaba obsesionado con encontrar las respuestas a "¿Por qué nací?" "¿Seré un éxito?" y "¿Puedo ser realmente feliz?" Norman se centró en "¿Dónde puedo encontrar un apartamento de dieciocho mil pesos al mes en esta ciudad?" "¿Hay algún gimnasio al que pueda unirme en la zona?" y "¿Cómo puedo conseguir que esa chica guapa de RH se interese en mí?"

Norman encontró un apartamento, un gimnasio y una relación (con la chica de RH) a los seis meses de llegar a Minneapolis-Saint Paul. Su hermano se encontraba en terapia tres veces por semana con el Dr. Peter Popper, un destacado psiquiatra y director del Instituto Popper para la Promoción del Progreso Humano.

"Dr. Popper, soy miserable ", dijo Nathan. "No importa cuánto lo intente, parece que no puedo encontrar respuestas a las preguntas que tengo. Específicamente, "¿Por qué nací?", "¿Seré un éxito?" Y "¿Puedo ser realmente feliz?" ¿Me pueden ayudar con mi problema?".

Peter Popper cogió un poco de pimientos en escabeche de su jardín de especias de interior y miró para ver si había moho creciendo en las frutas en conserva (que a menudo se consideran incorrectamente como verduras). Satisfecho de que no hubiera, comenzó a hablar. "Nathan, las preguntas que te preocupan no son lo suficientemente exactas como para poder responderlas de manera razonable. Déjame hacerte una pregunta. ¿Otros miembros de su familia hacen preguntas como las tuyas? "

"No, doctor. De hecho, mi hermano tiene un problema opuesto. Las preguntas que hace no son grandes e importantes como las mías. Son preguntas pequeñas e insignificantes como "¿Qué hay en el cine esta noche?" y «¿dónde puedo encontrar una panadería en la ciudad con una buena tarta de queso?».

"Pero, Nathan", proclamó Popper, "esas preguntas pueden resolverse. Tu hermano puede buscar listados de películas en Internet y pedir recomendaciones de panadería a la gente de su vecindario. No pierde el tiempo preguntando por qué nació; está demasiado ocupado viviendo. Y no está consumido por contemplar si tendrá éxito o no; está obteniendo respuestas a sus preguntas con éxito. En cuanto a la idea de la verdadera felicidad, ¿quién crees que es más feliz, tú o tu hermano?

"Supongo que lo es. Norman no se queja. Simplemente averigua qué hacer y lo hace ".

"¿Qué sucede cuando algo que Norman hace no funciona?"

"Vuelve a la mesa de dibujo, analiza lo que salió mal y elabora otro plan".

"Tu hermano obviamente está usando el método científico en su vida diaria: experimentar, evaluar, revisar si es necesario. Recomiendo ese método a todos mis pacientes y te lo voy a recomendar a ti".

"¿Puede el método científico ayudarme a responder" ¿por qué nací?,"¿si seré un éxito? " y "¿si puedo ser realmente feliz? "

"Me temo que no", respondió Popper. "Estas preguntas son inútiles para la ciencia porque no pueden probarse. Te sugiero que te concentres en formular preguntas que impliquen la adopción de medidas prácticas. Creo que si lo haces, te sentirás más feliz y tendrás más éxito».

"Creo que le daré una oportunidad a esa idea, doctor", dijo Nathan. "No veo cómo podría doler. Creo que emprenderé alguna acción práctica ahora mismo. La mujer que viene a verlo después de mí, ¿está casada?

"No puedo responder esa pregunta, Nathan. Es información privilegiada".

"No hay problema. Solo miraré para ver si lleva una alianza de matrimonio y, si no, le pediré a mi primo Gary, que es detective en Green Bay, que le haga una verificación de antecedentes. Si resulta que es soltera, la voy a invitar a salir".

Esa es tu decisión, Nathan. No puedo aconsejarte de una forma u otra sobre el asunto".

"Está bien, Dr. Popper. Tengo otra pregunta que hacerle que implica tomar medidas prácticas".

"¿Cuál es tu pregunta, Nathan?"

"Tengo ganas de un macchiato helado light con avellana, jarabe sin azúcar, carga extra, sin crema batida y una galleta integral de nueces y arándanos. ¿Hay un Starbucks por aquí?

El camino a San José

Sarah Barnhart era una actriz estresada y luchadora obsesionada con la pregunta "¿Hay algo de malo en ser diferente?" Había pensado en esa pregunta cuando era adolescente, cuando era una mujer de veintitantos, cuando tenía treinta y tantos, y estaba pensando en eso ahora, mientras caminaba a casa después de una fiesta de cumpleaños que sus padres le acababan de organizar. En esa fiesta, una celebración por cumplir los cuarenta y un años, sus tres hermanos le habían dado a Sarah muchos regalos y los mejores deseos de una vida feliz.

Chip, el hijo mayor de la familia, era un ejecutivo de negocios de alto nivel. Tuvo cuatro hermosos hijos, tres Aston Martins, dos aviones Lear, una esposa trofeo y hogares en todo el mundo. Biff, el siguiente en la fila, era un médico felizmente casado y padre de adorables gemelos. Muffy, el tercer niño, trabajaba como abogado de patentes y tenía un banquero de inversiones como cónyuge. Sarah, la más joven del grupo, vivía sola, no tenía novio y trabajaba como empleada de oficina en el centro de Los Ángeles. Quería protagonizar largometrajes, pero a pesar de haber asistido a cientos de audiciones, lo más cerca que había estado de lograr su objetivo era ser extra en un par de películas de Woody Allen.

Antes de irse de la fiesta, su padre le había preguntado a Sarah: "¿Cuándo vas a encontrar un trabajo normal, casarte y establecerte? Sarah había murmurado algo como "No lo sé; cuando sea el momento adecuado, supongo". Pero ella realmente no lo había dicho en serio. No quería llevar una vida normal y establecerse. Quería perseguir su sueño de ser la protagonista del cine.

Cuando Sarah estaba a dos cuadras de su casa, un hombrecito verde con grandes orejas puntiagudas y resortes en lugar de piernas se le acercó y le dijo con voz aguda y chillona: "¿Conoces el camino a San José?".

"¿No es ese el título de una canción de Burt Bachrach?" Sarah respondió.

"Sí, lo es", dijo el tipo de color lima. "Esa canción me inspiró a visitar San José hace treinta años".

"¿Por qué vas a volver allí?"

"Porque valoro la convencionalidad. La canción de Bachrach habla de un actor que tiene problemas para triunfar en Los Ángeles, por lo que decide regresar a sus raíces en San José. Esto me llevó a pensar que las personas que viven en San José son menos aventureras que las personas que residen en Los Ángeles. Dado que las formas de vida en mi planeta no son tan atrevidas, pensé que San José sería el lugar perfecto para viajar. Me encantó entonces y espero verlo ahora".

"Esa es una gran historia", dijo Sarah, "digna de convertirse en una película. ¿Puedo preguntarte a qué parte del cosmos llamas hogar?"

"Soy de Congruencia, un pequeño planeta que está a dos galaxias y un agujero negro a la izquierda de tu universo. Hay un video en mi nave espacial que describe dónde vivo. ¿Te gustaría verlo?"

Sarah pensó que podría ser divertido, así que accedió a ir con el extraterrestre a su nave espacial. Cuando llegaron al vehículo, que había sido multado por no tener placas y estar estacionado en una zona de no carga, subieron a bordo y entraron en una sala de proyección. Allí, la criatura puso lo que parecía un DVD en un reproductor de video.

La grabación comenzó con un anuncio de voz. "Bienvenido a Congruencia, un planeta cuyos habitantes tienen cerebros y sistemas nerviosos idénticos. Pensamos lo mismo, sentimos lo mismo y tenemos objetivos y deseos indistinguibles. Nuestra norma es conformarnos. Aplaudimos la semejanza y deploramos la disparidad. Somos los guardianes de nuestros hermanos porque, desde todos los puntos de vista, nosotros somos nuestros hermanos".

El video mostraba a personas verdes de apariencia idéntica, viviendo en invernaderos iguales, conduciendo autos verdes análogos, comiendo trozos intercambiables de queso verde y usando dinero verde de diferentes denominaciones. Cuando terminó el video, el extraterrestre dijo: "Cada año, durante una semana, se nos permite viajar y hacer lo nuestro.

Un amigo mío, que hizo un viaje a la tierra hace muchos años, trajo a Congruencia la canción de Bachrach sobre San José. Cuando lo escuché, me emocioné mucho al ver esa ciudad".

Sarah no respondió a los comentarios del caminante espacial. En cambio, se tomó unos momentos para pensar en lo que había visto en el video. Luego dijo: "Pensé que mis hermanos eran conformistas, pero son rebeldes absolutos en comparación con ustedes. Mis hermanos y mi hermana se ven diferentes, viven en casas de diferente apariencia, conducen autos de diferente apariencia y comen diferentes tipos de alimentos. Lo único que tienen en común con la gente de su planeta es que usan dinero verde con diferentes denominaciones".

El Congruente sonrió y respondió: "Por supuesto que tus hermanos son diferentes a nosotros y entre sí. Esto se debe a que, para usar un término de semántica general, son organismos-completos-en entornos, que en español simple significa que los humanos tienen sistemas nerviosos únicos que perciben, sienten, piensan y hacen cosas de distintas formas en diferentes situaciones. La gente no es perfectamente congruente. Eso iría en contra del orden natural de las cosas, lo que sea que signifique eso".

Sarah reflexionó sobre las observaciones del visitante intergaláctico. Le hizo pensar que ser diferente era una parte normal de la condición humana. Ella podría ser un poco más excéntrica que sus hermanos y hermanas más convencionales, pero también eran un poco extravagantes. La prenda favorita de Chip era un traje informal de los años sesenta; Biff pensó que Mickey Mantle había sido mejor jardinero central que Willie Mays; y a Muffy le gustaba la cerveza caliente y la sopa fría.

"¿Estás bien?" le dijo el viajero interplanetario a Sarah. "Pareces estar perdida en tus pensamientos".

"No podría estar mejor", respondió Sarah. "Estaba pensando en lo afortunada que soy de ser un ser humano autónomo".

"Eso es bueno", respondió el extraterrestre. "Por cierto, todavía tengo que encontrar el camino a San José. ¿Tienes alguna sugerencia?

"Sí. Sé como el chico de la canción de Bachrach y abandona los sueños y aspiraciones de tu vida. Olvídate de hacer algo fuera de lo común. Simplemente sigue a la multitud y haz lo que haga la manada. Cuando hayas hecho eso, prácticamente, serás una de ellos".

BENJAMIN
FRANKLAND

Fe en Frankland

No hace mucho tiempo, pero lo suficiente como para que el planeta hubiera sido aniquilado dos veces con todas las armas atómicas del mundo, vivía una mujer llamada Fe que tenía muy poca tolerancia para las personas que no eran directas en la conversación. Quería que la gente dijera lo que quieren decir y lo que dicen en serio. Para Fe, hablar se trataba de llegar a lo básico.

Una mañana, cuando Fe estaba subiendo a un tren de cercanías para ir al trabajo, se topó accidentalmente con un joven que llevaba un maletín.

"Lo siento", dijo Fe. "Espero que estés bien".

"Solo di que lo sientes y sigue adelante. No es necesario que agregue nada más".

"Mira aquí", respondió Fe, un poco nerviosa. "Solo estaba tratando de ser educada".

"Me parece que estabas siendo 'demasiado educada'. No tenías que decir, 'Espero que estés bien'. No había necesidad de usar palabras adicionales. Solo di lo que sea necesario. Eso es lo que nos enseñan de donde vengo".

"¿Y dónde sería eso?" Preguntó Fe.

"Soy un nativo de Frankland".

"Nunca había oído hablar de Frankland. ¿Eso es un país?

"Es un estado-de-la-mente nación. Los francos comparten una filosofía, es decir, "ir al grano". Soy John. ¿Cuál es tu nombre?"

"Mi nombre es Fe y estoy totalmente de acuerdo con la idea de ir al grano. ¿Porqué perder el tiempo dando vueltas cuando te expresas? Es muy reconfortante encontrar a alguien que piensa como yo con respecto a esa noción.

¿Dónde está tu estado mental? ¿Está muy lejos?

"No. Está a solo diez minutos según el *motor del pensamiento*".

"¿Qué es un *motor del pensamiento*?"

"Es una máquina que transporta a las personas a través de sus pensamientos. Tu le al dices al *motor del pensamiento* adonde quieres ir y te lleva allí".

"¡Eso es increíble! ¿Cómo puede una máquina hacer eso?"

John le entregó una tarjeta a Fe. "Ven a la dirección de esta tarjeta a las 9 a. m. el sábado y lo descubrirás".

Fe se presentó a la hora designada y John la dejó entrar a un apartamento que contenía lo que parecía ser un secador de pelo de salón de belleza colocado sobre una silla en el medio de una sala de estar. John le indicó a Fe que se sentara en la silla.

"Para ser trasladado a Frankland, deberás repetir el lema de nuestra nación tres veces después de que encienda el motor del pensamiento. Me reuniré con ustedes cinco minutos después de su llegada".

"¿Cuál es el lema?" Preguntó Fe.

"La verdad habla, BS camina".

Mientras esperaba a John en la terminal de llegadas del Motor del pensamiento en Frankland, Fe pensó para sí misma que viajar con el motor del pensamiento era mucho más eficiente que viajar con otras formas de transporte. Y fue un gran ahorro en gasolina. Entonces apareció John.

"Tengo que ir a trabajar", dijo John. "¿Quieres venir conmigo?" "Claro", respondió Fe.

Una secretaria estaba limándose las uñas en un escritorio cuando entraron a la oficina de John.

"Buenos días", le dijo Fe a la secretaria.

"No para mí", respondió la secretaria. "Me han dado mucho trabajo y poco tiempo para terminarlo".

"Así es en muchas oficinas en estos días", dijo Fe. "Desafortunadamente, no parece haber mucho que se pueda hacer al respecto".

"Eso no es cierto. Podría renunciar, podría intentar delegar el trabajo a otras personas, podría decir que estoy enferma y volver a casa, podría quejarme con mi

sindicato, podría. . . "

"Eso es muy interesante", interrumpió Fe, "pero yo solo estaba tratando de charlar. Realmente no quiero saber todas las opciones que tiene para lidiar con su situación".

"Entonces no debería haberme preguntado sobre eso", dijo la secretaria.

"La verdad habla, BS camina". Y con eso volvió a limarse las uñas.

Cuando llegó la hora del almuerzo, Fe y John fueron a la cafetería de la empresa donde se sentaron junto a Ned, uno de los compañeros de trabajo de John.

"Te encuentro muy sexy", le dijo Ned a Fe. "Me gustaría hacerte el amor esta noche".

"Eso es terriblemente directo. Ni siquiera sabes mi nombre".

"¿Qué tiene que ver tu nombre con eso? Es tu cuerpo el que me excita".

"¿No crees que estás siendo un poco agresivo, Mack?"

"No, estoy siendo honesto. Y mi nombre no es Mack. Pareces tensa. ¿Cuándo fue la última vez que estuviste con un hombre?

Fe se puso roja. Luego se volvió hacia John. "Me gustaría comer en otro lugar si te parece bien".

"Quiero comer aquí", respondió John.

"Bien, disfruta tu almuerzo. Me voy."

Fe salió del edificio y se dirigió a la avenida Frankland, la vía principal en este reino de verosimilitud. Allí vio a un orador detrás de un podio que se dirigía a una multitud reunida frente a él.

"Compatriotas francos, nuestra nación se enfrenta a una crisis de inmensa proporción. Estamos siendo saboteados indirectamente y con buenos modales. La gente camina con expresiones como "por favor", "cómo estás" y "que tengas un buen día". Estos tics verbales son repugnantes y una enorme pérdida de tiempo. Propongo que dupliquemos las multas a los que son corteses y educados y si una persona es sorprendida siendo cortés tres veces seguidas, la metemos en la cárcel por unos meses".

La multitud aplaudió y comenzó a corear: "La verdad habla, BS camina. La verdad habla, BS camina". Fe pensó: "Tengo que salir de Frankland".

"¿Hay una embajada estadounidense por aquí?" Fe preguntó a un transeúnte.

"No, la única embajada en la ciudad es la del Mundo Civilizado. Está al final de la cuadra". Fe se dirigió directamente hacia ella.

El Embajador del Mundo Civilizado escuchó con atención mientras Fe hablaba sobre la falta de cortesía en Frankland.

"¿Qué les pasa a estas personas? Me parecen salvajes. No quiero saber siempre lo que está pensando alguien. Quiero que la gente me trate con respeto y amabilidad. Este lugar es repugnante".

El embajador respondió: "Los buenos modales son un lubricante para las buenas relaciones humanas. Sin ellos, la fricción entre los seres humanos puede conducir a la terquedad y la hostilidad. Desafortunadamente, la gente de Frankland no se da cuenta de la importancia de los modales. Piensan que comentarios como "¿Cómo estás?" O "¿Cómo estás?" Son superfluos porque son "meras" figuras retóricas. Pero están equivocados. El destacado semántico general S.I. Hayakawa observó que la *unicidad* de la conversación es el elemento más importante en la conversación social; el tema es secundario. Desafortunadamente, los habitantes de Frankland creen que dejar escapar cualquier cosa que tenga en mente es la clave para una comunicación eficaz. Hemos estado tratando de convencerlos de que esto no es así ".

"¿Cómo has intentado convencerlos?" Preguntó Fe.

"El Mundo Civilizado ha ofrecido becas a los habitantes de Franklander para que tomen cursos de semántica general, una disciplina que enseña que algunos comentarios no están destinados a informar directamente. Más bien, ciertas formas de lenguaje contribuyen a un estado de ánimo social y establecen una relación. La semántica general también enfatiza la importancia de retrasar la reacción de uno en situaciones para lograr intercambios interpersonales armoniosos".

"¿Cuál ha sido la respuesta a tu oferta?"

"No ha sido muy buena", dijo el embajador. "Pero todavía estamos trabajando en eso".

"Bueno, espero que tengas éxito en hacer que los francos sean más amables, pero no quiero quedarme a ver si eso sucede. Quiero ir a casa. ¿Puedes ayudarme a llegar allí?"

"Esta noche se está llevando a cabo una sesión de pensamiento motriz en la embajada", respondió el embajador. "Vuelve entonces y te facilitaré el regreso a la 'vida civilizada'".

"¿Tengo que decir 'La verdad habla, BS camina' para que funcione el motor del pensamiento?"

"Definitivamente no. Para volver a la civilización, todo lo que tienes que hacer es recitar la edificante creencia de Ralph Waldo Emerson de que no importa lo corta que sea la vida, siempre hay tiempo para los buenos modales".

"Me alegrará decir eso. Y quiero decir otra cosa. Creo que ha sido un funcionario muy civilizado".

"Gracias", respondió el embajador. "Fue un placer haber sido de ayuda. Te deseo lo mejor en tu viaje de regreso a casa y cuando llegues te agradecería un favor. Envía un tweet sobre tu positiva experiencia en nuestra embajada y haz clic en Me gusta de Facebook. La virtuosidad en el mundo virtual puede ser bastante difícil de conseguir".

I ♥ X

La aventura extraterrestre de Debbie

Debbie era una damisela con estrés insuficiente. Estaba aburrida de su trabajo, aburrida de su novio, aburrida de su gato, aburrida de su apartamento, aburrida de su barrio, aburrida de su coche, bastante aburrida de todo.

Una hermosa mañana de primavera, Debbie decidió revitalizar su vida cambiando a las personas y las circunstancias que la aburrían. En el transcurso de un mes consiguió un nuevo trabajo, un nuevo novio, un nuevo apartamento en una parte nueva de la ciudad, un coche nuevo, una mascota nueva y una docena de zapatos nuevos. Pero unos meses después volvió al punto de partida en cuanto a su interés por las personas y las cosas.

Durante el almuerzo en su apartamento, Debbie compartió su disgusto con su mejor amiga, Brenda. "Estoy tan aburrida e infeliz", le dijo Debbie a Brenda. "Pensé que cuando cambiara todo el asunto me sentiría más involucrado con la vida. Pero ahora estoy tan aburrida como antes de hacer todos mis cambios. Estoy harta y cansada de los lugares y las personas que pueblan la tierra. Ojalá pudiera estar en otro planeta donde todos y todo fuera emocionante".

"También me gustaría estar en otro planeta", dijo Brenda. "En mi planeta, los jefes serían amables con sus secretarias, los muchachos tratarían a sus citas con respeto y habría suficientes asientos en el metro para que pudieras tener un lugar para sentarte cuando fueras a trabajar por la mañana".

"Muy graciosa, Brenda. Derramo mis tripas y te digo lo harta y miserable soy y lo único que haces es bromear. Realmente no eres una gran amiga".

"Relájate, cariño", respondió Brenda. "Estoy tan cansada como tú. Si encuentras un cuerpo celeste donde las cosas salten constantemente, avísame. Me reuniré contigo allí".

Las dos mujeres pasaron el resto de la tarde charlando y cuando Brenda finalmente se levantó para irse a casa eran cerca de las ocho de la noche. Después de despedirse de su amiga, Debbie miró por la ventana de su sala de estar y le dijo a las estrellas de arriba: "Realmente quiero estar en otro lugar. Si hay un poder superior en el universo, llévame a otro planeta". Tres minutos después estaba en un planeta diferente.

"Oh, Dios mío", dijo Debbie a nadie en particular, "¿dónde estoy?"

Respondió un hombre pequeño, de rostro feliz, cabeza bastante grande y pies pequeños. "Tu dios, o quien sea que te envió aquí, te ha dejado en el Planeta X. Como principal anfitrión de visitantes extraterrestres para este orbe celestial, te doy la cordial bienvenida".

"Muchas gracias", respondió Debbie. "¿Tienes un nombre?"

"Me llamo Synar", respondió el tipo diminuto. "¿Cuál es su designación?"

"Mi nombre es Debbie".

"Encantado de conocerte, Debbie. ¿Qué puedo hacer por ti?

"Pedí el deseo de ir a otro planeta porque estaba aburrida de mi vida en la Tierra. ¿Los residentes de tu planeta se aburren alguna vez de sus vidas?"

"Nadie se aburre en el Planeta X. La vida es atractiva y está llena de maravillas para la gente de aquí. Cada día es una nueva aventura."

"Eso es fantástico", dijo Debbie. "Me encantaría saber tu secreto. ¿Puedes decirme cómo evitas volverte indiferente con la existencia mundana?"

"Por supuesto que puedo. Pero primero me gustaría decirte algo sobre nuestra "existencia mundana". Los habitantes del Planeta X tienen una vida útil de aproximadamente medio milenio. Somos un grupo monógamo y tenemos matrimonios prolongados, por lo general cuatrocientos años o más. Vamos a trabajar, como estoy seguro de que lo hace la gente de tu planeta, pero no pasamos de un trabajo a otro. El empleo de por vida es la norma para nosotros. He sido el anfitrión del Planeta X durante los últimos tres siglos".

"Eso es increíble, Synar. ¿Cómo mantienes la vida interesante y con aventura si estás comprometido con la misma persona y la misma vocación durante cientos de años seguidos? "

"Eso es fácil de responder. Seguimos lo que dijo Alfred Korzybski, el creador de la semántica general, a saber: tratar lo familiar como desconocido. Así es como funciona. Cada mañana, cuando me levantaba, podía decirme a mí mismo: "¡Vaya!", El mismo desayuno de copos de maíz, melón y café que he consumido durante los últimos cien años. ¡Aburrido! Y Phoebe, mi esposa durante incontables décadas: simplemente un caso de la misma persona, en un día diferente. Y el trabajo: después de tres siglos, ¿por qué no lo llamo por teléfono? ¿Cómo crees que me sentiría si me hablara a mí mismo de esa manera? "

"Aburrido y deprimido, supongo".

"Así es, Debbie. Pero al tratar lo familiar como desconocido, no me siento así. Por ejemplo, cuando bajé a desayunar esta mañana, pensaba: "¿Qué tienen los copos de maíz, el melón y el café que hacen que sea una comida tan satisfactoria? ¿Son los ingredientes, la forma en que me educaron para apreciar tal difusión, el hecho de que soy fanático de la aliteración, o tal vez algo más?" Con respecto a mi relación con Phoebe, siempre tengo curiosidad sobre lo que hay en su horario, los libros que ha estado leyendo, si ha escuchado algún buen chisme de los vecinos y un montón de otras cosas. En cuanto a mi trabajo, busco constantemente nuevas formas de mejorar mi funcionamiento. Podría trabajar para hacer eso para siempre y todavía podría mejorar. Los Xers tenemos una inclinación inquisitiva. Nos ayuda a mantenernos jóvenes y alertas a las posibilidades de crecimiento personal".

"¡Guau!" Proclamó Debbie. "Parece que he estado buscando emoción en los lugares equivocados. He estado buscando aventuras fuera de mí cuando, con un cambio de actitud, podría haber hecho interesantes las cosas más ordinarias. Si alguna vez vuelvo a casa, practicaré esa filosofía".

"¿Te gustaría volver a casa?"

"Sí, lo haría. Me siento un poco como Dorothy en *El mago de Oz*. Aprendí una lección importante sobre cómo actuar de manera más eficaz en el mundo y ahora me gustaría ir a casa y poner ese conocimiento en práctica".

"Bueno, entonces te irás a casa. ¿Por qué no haces lo que hizo Dorothy al final de *El mago de Oz*? Concéntrate mucho y dices: "No hay lugar como el hogar". "No hay lugar como el hogar". "No hay lugar como el hogar" ".

"¿Crees que eso funcionará?"

"No tengo ni idea, pero creo que vale la pena intentarlo".

"Okey. Aquí va…" Tres minutos después del último "No hay lugar como el hogar" Debbie estaba de vuelta en su sala de estar.

"Dios mío", gritó, "¿he estado soñando o acabo de regresar del Planeta X? Antes de que pudiera pensar más en esa pregunta, sonó su teléfono. Era Brenda. "Hola, Debbie. Estoy tan aburrida como una estatua sin nada en qué pensar. ¿Tienes alguna idea que me ayude a motivarme? "

Ciertamente lo haré, Brenda. Ven a cenar a mi apartamento esta noche. Prepararé algo de comida y hablaremos de tu problema".

"Me encantaría visitarte, pero tú siempre preparas las mismas cosas, Debbie. ¿Hay alguna forma de que puedas preparar algo diferente, tal vez algo con un poco de dinamismo?"

"Estaré encantada de hacerlo, Brenda. Descubrí una nueva guarnición. Se llama Factor X y está garantizado que le dará sabor a cualquier comida. Nos vemos en la cena. Y no te olvides de abrir tu apetito ".

9 781970 164121